一橋桐子（76歲）的犯罪日記

原田比香（原田ひ香）　著
Vanished Cat　譯

高寶書版集團

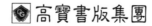

目錄
Contents

第一章　竊盜　005
第二章　偽鈔　058
第三章　錢莊　112
第四章　詐欺　158
第五章　綁架　212
最終章　殺人　262
解說　文庫版解說，亦或是老人見習生（六十四歲）的心得　325

第一章　竊盜

今天，知子死了。

知子的知，有兩層意義。除了作為知子這個名字以外，字面上的意思，也是相知相惜、知己的意思。

然後，就在今天——這其實是騙人的，知子甚至不是昨天過世的，那已經是一個月前的事了。

不過，擁有一顆文學少女心的一橋桐子，想起這件事時，總感覺像今天發生的。

和知子的交情始於高中，她的人生實在是不太好過。

丈夫雖然不至於家暴，但是個愛嫌東嫌西的男人，她一直很辛苦。

有一次，桐子在新宿的百貨公司見過她走在丈夫後面，替他拿著一大堆東西。知子的腳步只是稍微慢了一點，丈夫就馬上怒吼：「喂！妳是在幹嘛啦！」絲毫不顧慮旁人的眼光。

於是桐子沒有上前打招呼，悄悄地離開了。

還有，在他們四十幾歲時，新居落成，知子邀請了學生時代的朋友們一起到家裡來玩，聊得稍微久了點。知子的丈夫提早回家時，訪客們對他致意：「我們來打擾了。」他卻毫無回應，逕自上了二樓。

「真是不好意思，他一定是太累了啦。」知子尷尬地賠著不是，隨後慌忙跟在丈夫身後上了二樓。

接著就聽見他大罵：「到底是怎樣啊！妳是家庭主婦欸，是要在那邊悠哉到什麼時候啊！」

「一不小心就待太久了，真不好意思，是我們太失禮了。」朋友們說著就趕緊各自回家了。

用現今的說法，那已經可以說是一種關係霸凌或精神虐待了。

她在丈夫生前，連一句像樣的怨言也不曾說過。就這樣拖磨了好久，丈夫終於走了。

那時，她們都已經七十三歲了。

「謝謝妳來參加告別式。」

為過世的丈夫服喪四十九天過後，知子打了電話過來。

「我想拿奠儀的回禮給妳，要不要見個面？」

「當然好呀！」

兩個人在新宿一棟高樓裡的咖啡廳碰了面。

「好漂亮啊。」知子望著底下的風景，感慨地說。

不知道為什麼，現在想起來，還是覺得她的表情變得輕鬆許多。湛藍的天空、潔白的雲、高樓大廈林立的新宿街道，瞇著眼睛看著這一切的知子。

「有沒有好一點了呢？」桐子關心道。

「嗯嗯，都還好。」

「真的嗎？家人過世有很多事情要處理，而且也很寂寞吧。」承擔了雙親照護需求的桐子這麼說。

「如果有什麼我幫得上忙的地方……」

「倒是有件事，」桐子還沒說完，知子難得地打斷了她。

「嗯？」

「不知道妳會不會願意呢。」

「什麼事？」

結果，她看著桐子，綻開了微笑說：「要不要一起住？」

「咦？」

「我們兩個一起住好不好？」

「為什麼？」

「想要住在一起嘛！」

桐子想，那個時候，假如自己是一隻兔子的話，肯定是「噗咻！」的彈起了兩隻耳朵、把一雙紅色的眼睛瞪得圓圓的吧。就像繪本裡畫的那樣。

雖然嚇了一大跳，但桐子馬上就回答了，幾乎沒有經過什麼思考。

「不錯耶！」

「挺不錯的對吧？」

「可是，孩子們不要緊嗎？」

知子有兩個兒子。大兒子是高等公務員，二兒子則在大型鐵路公司工作。兩個都是知子一手拉拔長大的，如今成為了優秀的社會中堅分子。

「不要緊的。今後我想照自己喜歡的方式過日子。」

那天，知子看起來閃耀著光芒。

這間房子在埼玉縣，從池袋搭乘東上線過去約莫四十分鐘車程，雖然是屋齡接近五十年的老房子，但走路到車站只需要十分鐘，租金四萬五千日圓。兩個人分攤下來的話，只要有老人年金就住得起。

儘管如此，兩人經過討論，得出了這樣的共識：「還是想趁著還能動的時候盡量工作吧。」桐子在池袋的住商混合大樓找了個打掃的工作，知子則是在車站前的超市上班。這雖然是知子人生中的第一份工作，不過她既聰明、率直又善解人意，因此不僅很快就適應了，還成為店裡年紀最大卻頗受歡迎的人物。

三餐是由從以前就很喜歡做菜的桐子負責（一直以來被一家人的伙食逼得團團轉的知子表示已經不想要再下廚了），愛乾淨又有一雙巧手的知子負責的則是打掃、洗衣以及縫紉的部分。

知子時不時也會從超市帶回沒賣完的熟食料理，她們有時候用那些菜餚配上啤酒，就算解決一餐。兩個人都稱不上什麼美食家，超市的熟食菜色配上發泡酒，就已經覺得十分幸福了。

不過，每個月一次的奢華時光就另當別論。

桐子本身是還好，但知子對甜食非常狂熱，她的興趣是每個月到市中心的飯店享用自助甜點吃到飽，或是午餐時段的吃到飽。

桐子也不討厭這件事，再說最近的甜點吃到飽甚至連義大利麵或是披薩都會出現，可以吃到好看又時髦的料理真的很令人愉快。

關於吃到飽的情報是知子蒐集來的，據說有時候是在超市打工的休息時間從電視上看到的，有時候是從年輕的兼職店員那裡聽說的，又或者是站在書店裡看免錢雜誌的時候得知的。

然後，她就會約桐子：「欸欸，下個月我們去品川的飯店好不好？」、「立川那邊好像有很不錯的吃到飽哦！」

在打工的地方，大家都知道知子手上握有大量的吃到飽口袋名單，因此她也常會跟尋覓約會場所或打聽朋友聚會好去處的年輕人們分享自己的情報。

去飯店享用自助餐吃到飽的時候，兩人會稍微花點時間打扮。

知子會拿出當年二兒子在婚宴會館舉行婚禮時，她專程訂做的絲質套裝；桐子則會穿上用過世母親的和服改製而成的連身裙。知子還會戴上珍珠項鍊，桐子戴的是一串柔和的粉色珠子串成的項鍊，手上也搭配皮革製的手套，並仔細地化了妝，然後互相稱讚道：「很好看耶！真的很適合妳喔！」然後才會出門。

接著，她們就會大啖品質一流的鮮奶油或是濃郁的巧克力，直到肚子被填得飽飽的。回家前，一定會順便在飯店的化妝室或是接待大廳停留一下。如果不用低消的話，兩人便會在大廳的沙發坐下來聊上一陣子。讓蓬鬆柔軟的沙發還有豪華的水晶吊燈為她們洗去日復一日的疲憊。

充分享受了高級飯店和吃到飽之後，便會一邊聊著「真的很好吃耶」、「下個月還想再來呢」、「連洗手間裡面的裝潢都是大理石啊」之類的話題，一邊搭上回程的電車。

「欸，妳覺得今天吃的這餐，所有東西裡面最好吃的，是哪一道呢？」知子每次都一定會問這個問題。「我的話，應該是瑞士巧克力蛋糕吧，巧克力奶油的味道很濃郁美味。雖然那個義大利的栗子蒙布朗也很不錯就是了。」

「我覺得是那個耶，煙燻鮭魚三明治。它有加奶油乳酪，很用心耶，口味真的特別優秀。」

「果然，妳還是比較喜歡吃鹹的啊。那，如果只算甜食的話，妳最喜歡的是哪個呢？」

「那應該就是草莓奶油蛋糕了吧。它的鮮奶油做得不會太甜。」

「那個我也很喜歡！不過妳說得沒錯，煙燻鮭魚三明治真的很美味呢。如果撇除掉甜食的話，我也覺得它是最好吃的！」

「沒錯吧～」

「如果吃甜的吃到有點膩的話，就會吃一點三明治嘛。解膩了，就又可以大口大口吃甜點了呢。結果就會不小心一直吃一直吃。」

當天的話題總會在兩人之間持續一段時間。

不過要說日子過得辛苦，其實桐子也不遑多讓。

桐子一直都是單身。大她很多歲的姊姊早就結婚搬了出去，留下桐子一個人照顧雙親。並非從未出現喜歡的人，只是雙親在家，桐子實在無法開口邀請他們來。桐子猶豫不決的態度，總讓他們打了退堂鼓。

雖說如此，她覺得和知子相較之下，自己的人生已經過得非常輕鬆了。

照料雙親雖然非常辛苦，但畢竟還是自己的親生父母，也都是個性溫和的人。不像知子，服侍的是公婆還有難相處的丈夫。

不過，桐子開始扛起父母的照護時，不得不辭掉了自己原本的工作。更艱難的是，在父母過世之後，也一直沒辦法二度就業。從那之後，桐子便一直做著兼職的打掃工作。

照顧雙親的辛勞、找不到工作的焦慮，全部壓在桐子的身上，結果導致她在處理財產分配的時候和姊姊鬧翻了。姊姊一副理所當然應該對半平分的態度實在讓她無法忍受。姊姊也過世了之後，桐子和外甥、外甥女也就完全斷了聯繫，現在連他們住在哪裡都不得而知。

「我也不是說想要多拿什麼，真的就只是希望可以得到一句體諒的話而已。」桐子這麼說。

結果姊姊卻變了臉色，丟下了一句：「妳就只是賴在兩老身邊厚著臉皮花他們的退休金過活而已吧。」姊姊這麼說應該也是有她自己的道理，但當時比現在年輕的桐子，也已經尖銳地回嘴了。

最後，桐子賣掉了老家，和姊姊平分了賣出的金額，自己搬到小小的公寓去住。離浦和的車站很遠、屋齡又高達五十年以上的老房子值不了幾個錢。桐子自暴自棄地認為，自己大概就要這樣默默刷著大樓的廁所、一個人孤獨地等死了吧。直到和知子一起住之前就是如此。

「我們一起住嘛。」一直到收到這個邀請，從那天起，人生才開始閃爍起耀眼的光芒。

結果才過了短短三年，知子就死掉了，怎麼可以這麼無情呢。

知子的告別式結束之後，首先必須和不動產業者討論相關事宜。

「還請您節哀順便。」

桐子先前已經有打了電話過來，負責這個物件的相田馬上就從屋子深處走出來招呼。他是個四十五歲左右、有著一張圓臉的男子。

「別這樣說，倒是你也來參加了告別式呢……真是非常感謝。」桐子這樣道了謝。

但替知子舉行喪禮的並不是桐子。知子的長男找了家附近的殯儀館處理，桐子也只算是其中一位列席者而已。

雖然是一個小小的告別式，但從相田到知子職場裡年輕的打工學生全都來了。現場來參加的人數多到把家屬給嚇了一跳。

「那麼那間房子的話……我想，果然還是得搬出去才行吧。」

是啊。相田點頭回應道，但臉上的表情和桐子意料中稍微有點不太一樣。

「……真是可惜啊。」他說著，看起來不像是客套話。「妳們兩人把住處維持得很整潔，也沒有遲交過房租，房東門野大姊一直都很喜歡妳們呢。」

一開始在找房子的時候，願意租給兩個老女人的房東實在是少之又少。

儘管不容易，她們還是找了知子的大兒子來當保證人，最後經過面談、終於定了下來。

門野是自由作家，是個年約四十多歲的單身女性。她們聽相田說過，她擁有不少間像這樣用來出租的房子和公寓。

起初她從眼鏡後方不斷打量她們，但桐子和知子一起表示「今後想要兩個人一起生活」，直截了當地說明了自己的想法之後，「沒問題啊。」她馬上就同意了。

「我也是自己一個人獨來獨往，我很可以同理妳們。我覺得像妳們兩個人這樣可以有個伴一起住實在很不錯。」

接著，只喝了一杯茶，就馬上離開了。甚至連一個笑容也沒有。

「能找到這種奇特的房東真是太好了呢。」在她離開之後，相田笑著說。「像她那麼年輕，竟然有那麼多房產在自己名下吶。」

兩人聽了也深表同感，然後相田告訴她們：「別看她那樣，實際上可是一個很不簡單的人物呢。」而她也是有出席告別式的其中一人。

「其實，房東也來和我聊過一橋小姐您是不是必須退租的事情。」

「真是不好意思讓你們掛心了。」

畢竟兩個人的老人年金加起來才勉強足夠在這裡一起生活，所以這也是大家意料之內的事吧。

「別這麼說啦。不過，真的是很可惜。那之後的話有沒有想要怎樣的物件呢？」相田也不馬虎，十分機伶地向桐子詢問找房的條件。

兼職打掃的工作在池袋，要找個搭電車四十分鐘內可以到的距離，然後要在離車站走路就能到的地方，可能的話租金盡量壓在三萬圓以下……

相田找了幾個跟原本住處在同一站的房子給桐子參考，但可想而知，每一間都是屋齡四十年以上的木造公寓。看來看去甚至有好幾間都是沒有浴室的物件。而且，只要一算上管理費，馬上就超過三萬圓了。

一邊和相田說著話，桐子逐漸回憶起當初和知子剛來到這裡時的一些事。

那個時候，她們都充滿了希望。只要兩個人一起出錢分攤，就可以住上稍微好一點的地方，真的讓她們好開心。相田拿給她們參考的物件當中，也有低於行情、曾經出過事的物件。

「如果不會介意的話，也請參考看看這種。」

「我是覺得沒什麼關係啊。」知子大方地說。

「對啊。」

儘管桐子裝作沒事一樣跟著點頭，但其實她對鬼怪怕得要命。雖然不想要住進凶宅，她卻沒能好好表達出來。

「不過啊，像我們這樣兩個老奶奶一起搬進來住的話，反倒是幽靈先生會覺得不知所措吧。」可能是注意到了桐子的心情，知子這麼說著，推掉了凶宅。

的。

啊哈哈哈哈哈，兩人齊聲笑了出來。不管做什麼都很開心，知子和桐子都是整天笑呵呵

現在甚至已經很少笑了。

相田想必也察覺到桐子低落的氛圍了。他把一整條街的租屋情報都告知桐子以後，就沒

有太強硬積極地推銷。

「我也知道，應該要早點決定的，可是我連應該拿什麼條件去做決定都沒辦法想得很清

楚……」

「啊，還有一件事、雖然我也是有點不知道該怎麼跟您說。」

相田一副十分難辦的表情。

「既然現在要開始找新的物件，也就是表示，您必須重新找一個保證人才行。」

「保證人……」

之前，是由知子的大兒子做保證人的。

「就您所知，有沒有什麼可靠的人選呢？」

「保證人啊……」

根本不可能去拜託姊姊的兒子或女兒。

「或是說，有可能再拜託之前那位太太的兒子嗎？」

「知子的兒子？那是不可能的呀。」

在她過世之後，桐子實在不願意去造成人家的麻煩。

「那麼，就得再找找看擔保公司了呢。」

「是呢。」

「要不然，如果可以的話，就留在原本的家繼續住，您覺得怎麼樣呢？房東大姊一定也會很開心的！」

「可是那……」

經濟上實在是負擔不起啊。

從頭到尾，所有的事情都好艱辛，這一切當中唯一的救贖，就是相田開車送她回家這件事了。

「一間也好，要是您願意稍微跟我去看一下實際屋況的話，看完之後，我可以送妳回家。」相田這樣對她說。她接受了他的好意。

「老實說我已經有點覺得怎麼樣都好了。」找了一間房子去看了屋況之後，坐在車上的桐子不經意地吐出這樣的話，相田點點頭，說他可以理解。

「我手邊的物件都還很多。您可以慢慢思考到靠近月底再決定也沒有關係。如果有新的選擇出現的話，我也會用訊息通知您的。」

「真謝謝你。」

桐子對著離去的輕型車鞠躬了好多好多次。

喀拉喀拉的拉開了紙門，回到了只剩她孤零零一個人的家。

「我回來了。」明明沒有人在家，這句話卻還是不小心脫口而出。

有著小小系統鞋櫃的玄關，接著是通往二樓的階梯，樓梯的下方是廁所。更裡面則是廚房和浴室。

玄關的側邊也有一間房間，那邊被用來作為兩人的起居室。樓梯上去有兩個房間，她們一人一間，各自有自己的房間。

打開鞋櫃，那裡面，已經沒有知子的鞋了。

鞋架上只擺著一人份的鞋，正好排滿一半。到院子走動時穿的拖鞋是兩人共用的，只有這個留了下來，讓桐子睹物思人。

葬禮結束之後，知子的兩個兒子來過，把屬於她的東西一點也不剩地全都帶走了。

當然，桐子也不是想要從那些當中多拿什麼……她只是在心裡偷偷希望著，如果可以好心把任何一樣東西留下來讓她做紀念就好了。但兩人把桐子遞出去的家當——從洋裝和包包類、鞋子、小整理箱到手套甚至是首飾類，全部快速地塞進了車裡，一樣也沒留下。

桐子為他們準備了蛋糕茶點，想拿出來招待，他們卻連要稍坐一下的意思都沒有。

雖然，至少是沒有對著廚房用具說出「我們要拿一半回去」這種話，但也是打量似地朝著屋內四處張望了一陣。

「就這些了是嗎？」他們這樣說的語氣，就好像桐子還有偷藏起什麼東西似的。

所以，桐子原本想開口拜託他們：「可以至少讓我留一個小東西懷念她嗎……」就這樣錯失了時機。

要是他們認為她很貪心那可就糟了。她可不想讓他們覺得，母親生前一起生活到最後的女人竟然是這種人。

這是為了知子，也是為了她自己。

那些東西，現在怎麼樣了呢？首飾那類的可能會讓媳婦或是孫子拿去用吧。如果是那樣也好。可是，那些老人在穿的衣服拿回去是可以做什麼呢？這麼說來，該不會全部都被拿去丟掉了吧。

直到現在，知子那些可能早就已經被丟掉的個人物品都還是時不時會浮現在桐子的眼前，讓她悲從中來。對他們來說，就算只是舊衣服，也應該一件一件都代表著思念吧。這麼一想，又覺得先前那樣猜想的自己很不可取，感到更苦悶了。

桐子鑽進起居室的暖被桌裡，打開電視，開始胡思亂想地發起呆。

今天晚上，該吃些什麼好呢。

電視上正介紹著市區最近人氣高漲、推出斯里蘭卡咖哩的某家店。年輕的女性記者一邊喋喋不休地講著什麼，一邊把用料豐富的咖哩大口塞進嘴裡。

鍋子裡還有煮好的飯，早上做的味噌湯也還有，就吃那個解決吧。反正，根本一點都不餓。

一旦變成了孤身一人，不光是家裡，連餐桌也變得好寂寞。

但是，比起任何東西都寂寞的，就是心了。

在電視裡的女記者塞進一大口咖哩的瞬間，放在暖被桌上的智慧型手機突然響起，讓她嚇了一大跳。

桐子和知子在剛搬進這個家的時候，一起換了智慧型手機。她們向知子的年輕同事們請教，得以用超便宜的方案中辦了智慧型手機，使用方法也是跟他們學的。

桐子拿起那隻手機，慌慌張張地湊到耳邊。

「桐子嗎？好久沒跟妳聯絡了。」

來電的一方會顯示在畫面上，所以在接起來之前就已經知道通話的對象了，但一聽見對方的聲音，心臟還是用力地跳了一下。

是桐子和知子共同的朋友，三笠隆先生。

他們是在市公所辦的「俳句社」相識的，與他的交情大概是有時候會一起喝喝茶、吟詠自己作的俳句互相贈詩。這個課程是知子找的，「我們一起去嘛，可以當作頭腦體操喔。」她這麼說，兩人便開始參加這個活動。

她們總是兩個人一起行動，就算是隆或主講的老師和她們說話，也要先互看一眼才會回應，因此隆總是拿她們開玩笑：「妳們這樣子簡直像是女學生一樣啊。」

不光如此，隆更是……桐子和知子欣賞的對象。雖然說主要都是桐子在一頭熱，知子則是表示：「我已經受夠男人了啦。就讓給妳吧桐子。」

「唉呀！妳看妳明明說得像是自己的東西似的！」

她們經常這樣，互相消遣。

「妳最近還好嗎？知子小姐走了，我有點擔心妳。」

隆的嗓音低沉又溫柔。這也是讓她們私下著迷地說著「好帥」的其中一點。

「真謝謝你的關心。」

「我想說妳這陣子一定很忙，所以一直還沒有聯絡妳。」

很多老人隨著年紀增長，體恤別人的能力都會消失，變成一副所有事情都要以自己為中心的態度，不過隆倒是一點都沒有這種傾向。

就是因為這樣，才會喜歡上他吧。桐子久違地感覺到自己的心情溫暖了起來。

「住在一起生活的人離開是一件很難受的事，還要辦理手續之類的，雜七雜八一陣忙碌，甚至連沉浸在感傷之中的時間都沒有……亡妻過世的那時候，我也是有好一陣子都沒辦法振作起來呢。」

「真的很謝謝你。不過手續方面是由她的兒子們來負責處理的。」

「那應該幫了大忙吧。」

說得沒錯，雖然先前桐子一直覺得那兩個兒子把一切的一切都從自己的手中搶走了，不過仔細想想也真是多虧了他們，她才能夠有時間這樣深深地沉浸在悲傷中。

跟人說說話果然很好啊，桐子這麼想道。要是一直自己一個人的話，想法就會越往不好的地方發展，現在才被引導回正面的方向。

她對隆更加刮目相看了，真是一個堅強又正向、十分可靠的人。

「如果有什麼我可以幫得上忙的地方，不管是什麼事都要跟我說喔。」

他的聲音一字一句聽在耳裡都好溫柔。

知子曾經說過，好像是那個誰，跟某個演員很像。那到底是在說像哪個演員呢？

「然後啊……」

「嗯。」

「有件事情，我想跟桐子妳稍微聊一下。」

他的聲音聽起來難得有一點欲言又止。

「嗯嗯，是什麼事呢？」

隆對她說，在電話裡有點不好說清楚，因此兩人約好了見面聊。

他們約在車站前的連鎖咖啡廳碰頭。

結果桐子比約定的時間早了二十分鐘就到了。

因為是平日午間，店裡沒有太多人。店裡的人不是和桐子差不多年紀的年長者，就是開著筆電埋頭工作的年輕人。

桐子慢慢地、小心翼翼地喝著久違的咖啡。

雖然平常不太會去咖啡廳，倒是和知子一起去享用點心吃到飽的時候會品嘗咖啡或紅茶。桐子比較喜歡咖啡，知子則是紅茶派的，特別喜歡大吉嶺。

啊啊，即使到了這種時候，也還是會不斷想起兩個人一起生活時的各種事情。如果告訴知子說隆約了自己出來的話，知子會說些什麼呢。「太好啦！」她百分之百會這樣為桐子感到高興的。啊啊，要是還能再和知子說說話就好了。

「讓妳久等了。」

不知道什麼時候，隆已經站在桐子的面前微笑著。

「不會，今天真是謝謝你了。」明明是被對方開口約出來的，結果，一不小心就脫口而出道了謝。

「哪裡的話，我才是呢，真謝謝妳。」

一直以來都很完美的隆先生，今天的他，感覺又更優秀了。

已經變白的頭髮梳理得整整齊齊，穿著一件羊毛料子的夾克。脖子上圍著的圍巾肯定是喀什米爾羊毛吧。拿下圍巾之後，可以看到領帶也繫得工工整整。

「妳看起來精神不錯，真是太好了。」

「沒有啦，除了打工之外，我已經好久都沒有出來活動了。」

連桐子都覺得自己的聲音聽起來不知為何有點犯花痴，不禁臉紅了起來。

「是這樣啊？不過，妳氣色很好呢。」

「謝謝你這麼說。」

突然發現，隆身上散發的氛圍和平常不太一樣，桐子這才注意到，他的胸前摺著一條鮮豔的朱紅色口袋方巾。雖然他原本算就是一個時髦又整潔的人，但也沒有高級到會在口袋裡塞一條裝飾用的方巾。

顏色真好看啊，桐子心想。和他的銀髮搭配起來很合適。

啊，想起來了，知子之前說跟隆很像的那個人是上原謙啊。和他兒子加山雄三比起來，她絕對是更喜歡上原謙。

接下來好一段時間，他們天南地北地閒聊著。在知子過世了之後，桐子這陣子都沒有到俳句社露臉，大家似乎也經歷了不少變動。比如說：八十多歲的丸山感染肺炎住進醫院，南小姐從樓梯上摔了下來，隆自己則是換了一間整復所之後，腰痛的情況改善了不少，反正主要就是聊一些跟病痛有關的例行話題。不過，就算只是聊這些也很開心。桐子說起了自己體重稍微減輕了一些的話題，結果隆擔心地說：「妳真的有好好吃飯嗎？」然後，還跟她約好下次要把那間整復所介紹給她。

桐子心想，年輕時從沒想過自己會變成一個聊著病痛的話題還聊得這麼開心的老年人。但是，這就是現實。

知子的告別式上分送的甜饅頭很好吃，桐子向他分享，當時大家都大力讚賞地說：「那個饅頭，到底是跟哪一家訂的啊？我到時候也想要用那一家的饅頭，拜託把店名告訴我吧。」、「我也覺得那個很好吃。真不愧是知子小姐啊。」

「唉呀，唉呀，真是謝謝你這麼說。我想知子一定也很開心的。」

雖然饅頭也不是自己準備的，但是在這種事情上被誇了，也自然地感到開心。畢竟老年人除了葬禮以外也沒有其他事好辦了。

接著，也聊到了在俳句社裡鮮少和別人交流、人稱「孤高郡主」、七十五歲的白川君子，她的俳句作品被報紙的俳句詩壇投稿園地採用了。

「原來她有在那種地方投稿啊，我們大家都一直不知道這件事耶。」

「不愧是孤高郡主呢。像我根本連拿出來給別人看的勇氣都沒有啊。」桐子不經意地感嘆道。

「那個人啊，她的心態和其他人可不一樣喔。」

「她不像我們一樣，是抱著來玩玩的心情呢。可是，那她為什麼會跑來參加我們這種同好性質的社團呢？」

「明明去東京的話就會有很多比我們更優質的社團了啊。」

雖說絕對不是想閒言閒語或是在背後批評她，但他們還是交換了一些略帶「挖苦味」的感想。

隆沒有來參加告別式，但他把社團成員們的奠儀一併帶來轉交了。

「桐子如果有好一點的話，一定要再來參加俳句社喔。妳們兩個人都不在的話，實在是太寂寞了啊。」最後，隆一點也不像是在客套，深切而誠懇地這麼說。

「真的很感謝你。」

桐子道謝的同時，又忽然驚覺隆剛才說的是「妳們兩個人」。是啊，我們兩個人至今也都還是「妳們兩個人」。在隆的心中，知子也依然還活著。桐子眼底又差點泛起淚光。

「然後啊，那個，我之前說過有事要跟桐子聊聊嘛……」

隆的上半身向前探出。桐子也下意識地做了相同的動作，兩人隔著桌子將臉靠得好近。

「我想跟妳說……」

「你說。」

就在此時，「咚！」的一聲，一個沉重的東西被放上了桌面，桐子嚇得跳起來。

「久等了～」

那是一個超市的透明大塑膠袋。可以看見裡面裝了白菜和番茄，長長的青蔥冒出袋子。

桐子什麼也沒想就抬起了頭，看見一個穿著粉紅色針織衫的女人站在那裡。

「久等啦，隆隆～」

她在隆身邊的位子坐下，把脖子往他的方向一歪，頭瞬間就貼到了肩膀上，染成茶色的頭髮拂過他的臉頰。

桐子打從心底吃了一驚。

以自己的年代，實在不常看見這麼露骨、親熱放閃的男女。

但是，隆雖然一副困擾的表情，嘴角卻溢出了藏不住的喜悅。

「番茄真的超便宜的所以我就買了～」

「是說，我不喜歡番茄耶。因為我父母是明治時代的人，我小時候餐桌上幾乎沒出現過番茄。」

「可是，番茄很營養嘛～」

「因為薰子妳很年輕，才吃得慣番茄啊。」

年輕……桐子心裡困惑著。該怎麼形容她才好呢。

要說年輕的話，是年輕沒錯，年紀應該是比自己來得小。但是，沒猜錯的話，她絕對已經六十歲以上了。

豐潤的臉頰，肌膚保養得很好，頭髮又染得很漂亮，針織衫的顏色也很亮眼，因此看起來顯得很年輕。但是，再怎麼說，也絕對不是可以稱為「年輕」的年紀了。

不知道是不是心裡的想法被察覺到了，隆對著桐子說：「薰子她現在才五十九哦。」

隆的臉上寫滿了開心，洋溢著微笑。

什麼五十九啊，還不就是差不多六十了嗎，桐子真想衝著那張臉反擊回去。

「……那個……請問這是哪一位呢……？」桐子終於問出口。

「啊，沒有啦。」

不知為何，總覺得隆一副非常不好意思的神情，被稱作薰子的女性也是「呵呵呵」地笑著，一邊看向他的臉。

「其實啊，」隆終於轉過來對著桐子說。「這位是，齋藤薰子小姐。是我的未婚妻。我是想說，一定要介紹給妳認識。」

「啊。」

桐子下定決心要表現出一點也不驚訝的表情，不過，那可能也沒有什麼意義。因為眼前這對「情侶」的眼中除了彼此再也容不下其他。

據說他們倆是在隆最近剛換的整復所相識的。隆說她是櫃檯的工讀生，兩人就這樣慢慢熟了起來。

什麼工讀生啊，就是個兼職婦女好嗎，桐子在心裡這樣想道。故意講成工讀生無非就是想給人一種學生妹的感覺，桐子覺得她的臉皮也實在太厚了。

兩人之間的甜言蜜語也不在乎被聽見，桐子還要帶著微笑聽他們在那邊情話綿綿，感到十分心累。

從車站走回家的路上，腳步都很沉重。這種時刻，還真的是很難受。

步履蹣跚，用這個詞來形容十分貼切，桐子拖著那樣的步伐走回家。

那天晚上，又是一邊看著電視，一邊恍恍惚惚地吃了飯，雖然其實一點食慾也沒有。這樣看來，從今天開始永遠都要一個人吃飯了，應該會變得越來越消瘦吧，桐子想著。

知子還在的時候，一起去吃完甜點吃到飽之後，會說：「這下子不減肥可不行了呀！」甚至還曾有刻意少吃一點的時刻。

「高齡人士的再犯罪率正逐漸變高呢。」從電視中突然傳來「高齡人士」這樣的用詞，桐子不經意聽見了，便側耳細聽下去。

「正是如此。就算被關過一次，從監獄裡出來了之後，馬上又會再犯下罪刑，再度回到那片高牆之中，這樣的高齡者正在增加著。」

咦——桐子不禁自言自語道。

年輕的男性播報員對著新聞節目的主持人說明著：「說起來，監獄不僅確實地提供了住處，也會供給食物。也能好好地洗澡，獄中還有醫生。過新年的時候甚至還會出現年節的菜色。」

畫面上出現了一格一格整齊排列、裝滿了日式年菜的塑膠餐盤。

「想不到耶，竟然這麼豪華嗎？」一不小心，又自言自語了。

「就算臥病在床，也會有人來照護。」

照護……

桐子感覺心裡受到了不小的衝擊。

那是她長久以來埋藏在心中深處的不安。

像這樣孤獨地活下去的話，身體還健康的時候是都還好，但是，要是哪天倒下了呢？說實在的，要是就那樣直接死掉的話真的還算好的，要是沒死成、身體狀況反倒變成需要別人照護的情形，到底該怎麼辦呢。

自己是絕對不可能去給姊姊的孩子添麻煩的。何況，對方更是完全不可能有意願負責。可是……

監獄裡面什麼都有。

幸好，姊姊的孩子們跟自己姓氏並不相同，就算成了犯罪者，應該也不會造成他們太大的麻煩吧。

畫面上出現了年輕的受刑人正將臥病在床的受刑人從床上攙扶起來的情境。因為被打上了馬賽克，長相跟表情都無法看得很清楚。

「受刑人當中，也有人會在獄中考取照護服務員的資格證照，他們就會去照顧高齡的受刑人。」

不知怎麼地，那個畫面在桐子眼中變得耀眼了起來。

結束了清掃工作回家的路上，轉進了通往自己家的巷子轉角，有些恍神地走著走著，突然看見家門口站著一個老人。他對著四周來回地東張西望，有時候也抬頭往上看。

他和隆一樣身上穿著一件羊毛夾克，但已經被穿得很舊了，而且很薄。一隻手裡拿著一個同樣很輕薄的包包，腳上穿的也是一雙穿了非常久的舊鞋。身形並不高大，但肩膀算是有點寬。

奇怪，會是俳句社的人嗎……還是知子職場上的人呢……？

他和桐子對上了眼神，沒有笑容地點了點頭。

難道只是附近的鄰居嗎，可是又沒有印象看過他……

「您好！」

「啊啊。」

儘管困惑，但對方都明確地打招呼了，桐子猶豫地點頭致意。

「請問，這裡是宮崎知子小姐的住處對吧？」

「是的，知子是曾經住在這裡沒錯……」

看來果然是跟這個家有什麼淵源的樣子。

「啊，我真是失禮了。」

男子稍微低下了頭。

「敝姓佐藤。知子小姐還在世的時候，我受了她很多的照顧……慚愧的是，我竟然連她過世的消息都不知道，結果也沒能來參加她的告別式。我今天來是想說，希望能至少讓我為她上個香也好。」

「唉，您快別這麼說，您這麼有心真是太令人感激了。」

桐子的淚水又忍不住湧上了眼眶。沒想到竟然過了這麼久都還有人為了知子而特意前來。

「讓您在這麼冷的天氣裡等了這麼久，實在非常不好意思。」

「沒事的沒事的，正好遇上您回來，真是太好了。」

「不過，知子的牌位並不在這裡哦。安放在知子的……知子小姐家裡……在她的長子的家裡。」

「原來是這樣啊。」

「這邊的話我是在我過世的父母的供桌上，放上了知子的照片，作為一個心意而已。」

淚水又快要奪眶而出。就算是最要好的朋友、直到最後都住在一起的人，到頭來還是不能算親人，再怎麼樣自己也沒有資格供奉她的牌位。

「原來如此。」佐藤一邊點頭，一邊細碎地踏著步。「那真是太不巧了……可是那個，非常不好意思，能不能跟您借個洗手間呢？因為剛才一直站在這裡，天氣又冷。」

「唉呀唉呀，我實在是太疏忽了，真的很抱歉。」

桐子慌忙拿鑰匙開了門，請佐藤進入屋內。告訴他洗手間的位置之後，點了火準備燒開水。

「別客氣別客氣，請過來這邊坐一下吧。快進來暖被桌裡伸伸腿吧。」

桐子領著從洗手間出來的佐藤來到起居室。

「真是感謝您。不過，還是請先讓我到靈前致個意吧。」

佐藤在供桌前雙手合掌。桐子在他身後也一起跟著合掌。

水燒開了，桐子留下佐藤到廚房。

「您和知子是在哪裡認識的呢？」桐子向人在起居室的佐藤問道。

佐藤似乎回答了什麼，但聽得不是很清楚。於是桐子端著泡好的茶回來，又再問了一次。

「您和知子是什麼樣的交情呢？」

「……我和她先生有工作上的往來。也受了太太非常多的照顧。」

「原來是這樣啊。那您能知道她住在這裡也真是有心呢。」

佐藤大口地喝著茶。碩大的喉結移動了一下。

跟身型的比例比起來，這個人的喉結好大，桐子心想道。

「……我們也會互相寄賀年卡問候。」

「原來如此。」

沒想到，知子還有這麼一位友人啊，桐子想著。印象中跟她先生那邊的朋友應該是沒有這樣的交情才對。

「還有就是，之前碰巧在街上遇到的時候，那時候她就有跟我說她住在這裡，我們就有互相交換了現居地址。」

「啊啊，原來是這樣啊。」

這樣就可以理解了。如果是那種情況的話，會知道知子的住處也沒什麼好奇怪的。

佐藤說著：「雖然只是一點心意……」一邊遞出了奠儀。

「唉，真是不好意思。」桐子深深低下了頭。「這一份，我一定會轉交給知子的兒子的。」

「那就拜託您了。」

重新沏了兩次茶，又從家裡找出適合的點心招待之後，佐藤大約待了一小時左右就回去了。

直到桐子發現不對勁，已經是隔天的事了。

她準備要出門買東西的時候，拿起包包先往錢包裡瞥了一眼，才發現裡面的現金一塊錢也不剩。

怎麼回事？她思考著。之前拿錢包的時候，裡面雖然沒有很多錢，但應該還有幾千圓和一些硬幣才對。她記得，大概還有三千四百圓左右才是。

為了確認是不是自己搞錯了，桐子打開起居室供桌旁的抽屜。從銀行領出來的錢會放在那裡頭。通常，她大約一個月會一次領出幾萬圓，放在銀行的信封袋裡收進抽屜。

如她所想的，信封還在。稍微放下心往信封內一看，裡頭卻一張鈔票也沒有。

心臟開始用力地怦怦直跳。

俳句社的繳費袋也放在同一個地方。每個月兩千圓的社團費用。知子死後，桐子便一直沒有出席，所以照理說之前準備好的社費也還沒交出去才對。

連那個也不見了。

桐子的心臟止不住地狂跳。如同字面意義地，心裡敲響了警鐘，耳裡聽見了一陣陣咚咚咚的聲音。

供桌的抽屜裡，則應該放著要幫沒來參加告別式的俳句社朋友們轉交的白包。

抽屜一打開……裡面裝的東西全部都不見了。或許應該說不出所料，佐藤給的白包，裡面空空如也。

桐子慌慌張張地上了二樓。雖然已經沒辦法衝上樓，但已經用上這幾年以來最快的速度了。

自己房間的五斗櫃上放著一個小小的存錢筒。那是她向銀行申辦定期存款的時候送的。做成狗狗的卡通造型、帶著一臉很可愛的微笑。

拿起來的時候雙手發抖，接著晃了它一下。一點聲響也沒有。根本不用打開底部的蓋子也知道裡面已經沒有任何東西了。桐子只要偶爾身上有五百日圓的硬幣就會投進去，現在少說也應該存了十枚以上才對。

在家裡找了一遍，發現現金是一張也不剩，連一圓也沒有了。但是，存簿、印鑑、金融卡之類的沒有慘遭毒手，算是不幸中的大幸。

桐子簡直是驚恐得站都站不直。實際上，也確實在地上蹲了好一會兒。

該不會是被闖空門了吧。可是，昨天結束打工回家的路上也有去買東西，那時候打開錢包，裡面還是有錢的。然後，佐藤回去了之後，就再也沒有踏出家門了。

還是小偷趁著大半夜的時候闖進來了呢？雖然說也是有這種可能性，但早上玄關的門鎖一如往常地鎖著，也沒有哪一扇窗戶沒關好。

這樣的話，果然是，那個佐藤下手的嗎……這麼一想，全身不禁劇烈地顫抖了起來。

好可怕……

只覺得是個普通人啊。現在，根本已經連長相都沒有什麼印象了。

臉看起來很善良，不，應該說雖然已經記不太清楚了，但看起來不像壞人。但是，應該錯不了，就是那個人了吧。事到如今，桐子只記得他那看起來很大的喉結上下移動的部分了。

原來自己一直和小偷對峙著嗎。聊了幾乎快一個小時，甚至時而和對方一起大笑出聲嗎。

既害怕、又難堪、又難過、又悔恨……心裡五味雜陳，桐子不由得放聲大哭。

第二天，她走路到車站前的派出所，講述了事情的經過。

值班的是個年輕又親切的員警，很認真地聽桐子說，也好好地做了筆錄。

「是假冒成撿香者掩人耳目的小偷呢。」

「咦？」

「最近，幹這種事的可多著呢。這種人一定不會只犯這一起案件。」

他好像已經對這種案件非常熟悉，找出好像記錄了什麼的筆記攤開來。

「都是我自己太不小心了……」桐子嘆著氣，一邊小聲地脫口而出。

「不是喔。絕對不是妳的錯。」

「咦？」聽見這麼強而有力的話，桐子不禁抬起頭來。

「利用了一橋大姊的善念，進行偷竊的是那個犯罪者，是犯人的不對。」

「是這樣嗎。」

「就是這樣啊。一橋大姊妳沒有任何錯。」他堅定地這麼說著，對桐子表現同理。

「謝謝你。」

他說的話太令人窩心，桐子都快要哭了。

「對方是怎麼樣的人呢？妳回想得起來的範圍都可以說。」就算他詢問了各種特徵，桐子還是什麼也答不上來。

「他的喉結很大。」

「欸？」

「他的喉結……」總覺得有點難為情，話說到嘴邊便吞了回去。

「怎麼了？」但是，對方盯著她的臉繼續往下追問。

「無論是什麼，只要是還有印象的事情，都請妳告訴我喔。」

「……對不起。我唯一有印象的就只有他是一個喉結很大的人這樣而已。」

「像這種地方啊，是非常重要的喔。謝謝妳記起了這件事情。」

他露出一個微笑，在紙上寫下了「喉結很大的男人」。他的字跡雖然不算多美，但是清晰可辨。

「這種人是不是其實沒有在怕警察的啊。」

「欸？」這次他再次問道。以男性來說，他的雙眼皮非常明顯，有著一雙大眼睛。

「會不會是對於被警察逮捕啊、被抓進去坐牢啊之類的事情根本不會害怕呢……甚至是想說多犯個幾次，總有一次可以被抓到。」話說到最後面幾乎變成了喃喃自語。

「這個嘛，我也不知道。最近似乎有一些，該怎麼說，有一些年長者甚至是想要進監獄哩，確實是有可能不在乎被抓。」

「想要進監獄……？」

「對啊。在監獄裡的話，又有飯吃、又有地方住，被照顧得好好的呢。」

「啊啊，你說的這些我之前在電視上有看過！」

「最近很常報導這個呢。」

「畢竟現實中真的正在發生啊。」

錢財被洗劫一空固然打擊很大，但親自讓那種男人進到家中這件事更恐怖，感覺非常糟糕。桐子前一晚根本無法入睡。

「……不只是一樓而已，連二樓的房間裡面也……我完全不知道他到底是什麼時候跑到樓上去的欸，我明明就只有去一次廁所，還有回去倒兩次茶，就只有這些時候離開座位而已啊。」

「人家就是辦得到啊。畢竟是專業的，而且對方也是很拚命吧。」

「萬一，他又跑回來怎麼辦？他都已經知道我家的內部構造了，要我怎麼不擔心？」

「會玩這種把戲的犯人都是很容易緊張的膽小鬼，我是覺得他應該不會再來了啦，但是保險起見，我們這邊會安排針對府上那一帶加強巡邏的。如果，之後還有發生什麼事的話，不管是什麼小事都請妳馬上聯絡我們。不用跟我們客氣喔。」

接著，幾名警官跟著一起回到家裡，採取了指紋，還告訴桐子除了一一〇以外，可以直撥派出所的電話號碼。

發生那件事後，桐子一個一個打電話給委託她轉交奠儀的白包主人們，解釋了事情的經過之後一一詢問對方包的金額，得到了大家一致的同情，也有人乾脆地說：「妳當然也不希望發生這種事情啊，沒關係啦，我再準備一包拿過去就好了。」或者是：「妳告訴我知子的老家住在哪裡好嗎，我再直接送過去就好。」

可是有一個人，白川君子，也就是「孤高郡主」，就只有她不留情面地說：「我不能告訴妳我白包包多少。那算是我的個資。好了，就這樣！」說完，啪嚓一聲掛上了電話。

真是出乎意料。這樣一來，該怎麼把被偷的錢還她呢？所以那句「就這樣」又是什麼意思呢？到底該什麼時候賠償她才好呢？

本來想要馬上回撥問清楚這些事的，望著手機好一會兒，桐子改變了心意，把手機放下。「好吧，算了吧。」一連句客套寒暄也沒有就被掛電話很令人火大，瞧不起人似的冷硬口吻也很令人火大。反正，遲早還會在俳句社的時候再見到面，到時候，對方應該會自己過來說點什麼吧。

光是繼續住在那個家，都會感到害怕。結束了清掃工作之後，桐子去找了房屋仲介，講述了事情的經過。相田也表示高度的同情，然後再度和她一起討論找房子的條件。桐子拜託他幫忙多花點心思找找，只要有好的房子就和她聯絡。

原本存款就已經只剩幾十萬了，這次的遭遇又丟了將近十萬圓的金額，實在是損失慘重。但無可奈何的是，搬家這件事還是非做不可。可是，這個家一搬下去，目前僅剩的存款肯定全都會花光。

久違地到俳句社露個臉，有幾個人馬上過來關心：「真是無妄之災啊！」、「妳一定很害怕吧！」他們紛紛說著。隆沒有過來找她說話。甚至連往桐子這邊看一眼都沒有。他現在有了未婚妻這件事，大家都已經知道了。據說在桐子沒有出席的時候，隆曾經帶她來參與過一次課程。不過她好像說對俳句不感興趣還是什麼的，桐子來的這天她並沒有到場。

這回的題目是「初雪」，隆吟詠的俳句是表述「初雪的潔白讓我想起她的肌膚」這樣的內容，與其說是「情詩」，根本就是「豔詩」。被大家的反應潑了冷水，但他只是搔搔頭，絲毫沒有收起春風得意的意思。應該說他似乎根本沒有注意到有幾個人直接皺起眉頭。尤其是「孤高郡主」白川君子露骨地整張臉都扭曲了起來。雖然從奠儀的事之後就再也沒有跟她聯絡過，但桐子第一次覺得和她意見一致。

桐子小心地嘆了一口氣，不讓周圍的人發現。隆這個人，之前作的俳句明明都是沉靜又優美的作品。然而今天的作品別說品質，根本一無是處。桐子覺得這下連這個地方都沒有自己的容身之處了。

就這樣發生了一連串的事情後，終於塵埃落定。某天，桐子一睜開眼睛，發現自己內心空空如也。那天是星期天，連打掃工作也是休息日。

腦袋裡一片空白，整個人像一個空殼，覺得家裡的空氣好冷。

桐子看著天花板，直直看著，就這樣看了一個多小時。

我這到底是怎麼了……

該怎麼說，總覺得自己好像什麼也沒有了。

沒有朋友，也沒有情人或是喜歡的人，雖然有工作，但也只是什麼時候被解雇都不奇怪的打工兼職。

現在想想，根本連自己有沒有真的喜歡過隆都不太確定。

搞不好，其實是因為可以跟知子兩個人一起尖叫著聊他的事情，覺得那樣的時間很寶貴罷了。

並不是現在突然失去了一切。只是現在才意識到自己本來就一無所有而已。

終於在月終的時候，收到了相田的聯繫。

「我終於找到桐子大姊您可能會喜歡的房子了唷！」

來到房屋仲介公司，他馬上就拿出物件的資料給桐子看。

「其實嘛，桐子大姊現在住的那邊的房東門野大姊，她也有經營另一棟專門租給長輩的公寓。」

「專門租給長輩的公寓？」

相田一邊說明一邊把廣告傳單遞過來。「應該說是高齡者專屬的公寓是不是比較恰當？也不是說只有高齡人士才能去住啦，但就是說住起來比較友善，是這樣的一棟公寓。比方說，配偶過世之後孤家寡人，自己一個人住覺得原本的家太空曠，不過生活上也還沒到需要進安養機構的程度，又有別的因素導致無法和親戚同住，目前主要都是租給這一類的高齡人士。」

「唔嗯。」

「門野大姊對於高齡人口之類的社會弱勢問題很關注，甚至還有出書喔。原本好像是為了探討這個族群的居住議題，需要取材，結果反而被鳩佔鵲巢似地變成現在這樣了。」

社會弱勢……這個詞彙讓桐子的胸口梗了一下。但比起那個，她現在更在意自己可能要住進去的屋子，於是接過了配置圖。看起來就跟一般的單人公寓沒兩樣。

「就是這張。雖然離車站是比現在那邊超微遠了一點點，但走路也只要十二分鐘而已應該沒問題。屋齡五十八年的木造兩層公寓建築，含衛浴和一個廚房的格局。租金含管理費總共是兩萬八千日圓。」

「這樣的話，請務必讓我……」

「我就說您會喜歡吧。我也是從之前就一直覺得這裡很理想啊，可是這邊太受歡迎了，熱門到一直沒有空房呢。直到不久前才終於有人退租。」

「那，那一位是……」

「嗯？」

「之前住在那間房裡的那一位現在去了哪裡呢？」

直到剛剛都還滔滔不絕的相田瞬間就沉默了。

「……他過世了。不過，他在房裡才剛倒下，隔壁鄰居就馬上發現了，所以不是直接在那邊原地往生的。叫了救護車把他送到醫院之後他才過世的！真的不是凶宅！」他非常用力地強調。

「喔。」

事到如今已經覺得怎麼樣都無所謂了。因為桐子自己本身都已經變得像是一個幽靈一樣。

「因為附近住的也都是年長者，所以可以互相關照也是這棟公寓的特色呢。也是因為這樣，昏倒的那一位才能及早被發現。」

「原來如此。」

「這棟公寓總共有八間房，其中有六間住的都是長輩，呃，是曾經有六間。另外兩間的房客是學生跟社會人士各一位。」

「整棟都歸那個門野小姐管喔……？她之前說的那是叫什麼來著的，她的職業。」

「自由寫手？」

「對對，就是那個。」

「我之前也有跟您說過，她是一個滿能幹的人呢。而且她有很多很有意思的想法。因為這棟公寓很舊了所以一直賣不出去，點燈率也越來越低，被她買下來之後改變了方針開始出租，結果馬上就一間不剩地租出去了。房東大姊跟當地的民生委員還有區公所也都談過了，相關的行政部門也知道這棟公寓主要的用途。」

「欸——」

「總而言之，希望您幫忙的一點就是跟左鄰右舍互相保持良好的關係和交流，或者應該說這是住在這邊的條件吧。如果保證人不好找的話那我們就找擔保公司吧。」

桐子盯著配置圖和公寓的照片許久。就是一棟平凡無奇的建築物。以前也住過這樣的地方。完全感受不到像之前剛開始和知子一起住的時候既激動又興奮的高昂心情。

但，人生啊，或許差不多就是這樣了吧。

「那麼，要不要實地去賞屋看看呢？」

面對相田的詢問，桐子安靜地點了點頭。

從那天開始，桐子就忙不迭地開始準備搬家。

雖然知子的東西已經全部交出去了，但還是相當於要把之前住的獨棟透天整個搬移到一個這樣的空間裡：廚房只有兩張榻榻米大、房間六張榻榻米大，再加上一個壁櫥。要盡量讓搬家費用降低的話，行李也得盡量減少。桐子丟掉了各式各樣的東西，只將要帶去的行囊塞進箱子裡。

和仲介談好了之後，差不多在一週之內就必須把所有事情都搞定。還要請搬家工人，還要打包行李，搬完家的時候已經累得不成人形。

桐子的房間是二樓的邊間，二〇四號房。

搬過來的隔天，桐子帶著小小的包餡甜點，去拜訪其他房的鄰居。

租給上班族的那間，她敲了門但沒有回應。很正常，畢竟是平日。租給學生的是一樓中間的一〇二號房。對方戴著口罩來應門，對於桐子的問候，只彎下脖子點了個頭。桐子甚至連他的聲音都沒能聽到。

他隔壁的那間，一〇三號房住著一位身高很高、身形過瘦的年老女姓。門牌上寫著元木幸江。

「妳住那個二〇四號房？咿啊啊啊！」她大聲尖叫道，連臉都扭曲了。

「換作是我，才不要住那邊呢！妳想想看，那種地方耶！」她說著，一邊上下瞄著桐子的臉。

「……這話是什麼意思？」

「妳竟然有辦法住那種屍體躺過的地方啊，我的意思是這樣。」

「咦。」對方直接說出意料之外的話，桐子倒抽了一口氣。

「換作是我，一定渾身不舒服啊，絕對沒辦法的。」

「妳說的屍體是指前一位房客的意思嗎？」

「對啦，坂田先生啊。就是死在那間房裡的嘛。」

「……可是，不是說被救護車載走了嗎？」

「唉呀，仲介跟房東當然要那樣說啦。但是，救護車來的時候應該是早就已經死掉了啦。」

「妳說的是真的嗎？這件事妳是聽誰說的？」

她沒有回答桐子的問題，一副快要吐了的樣子說著：「啊啊，恐怖喔恐怖喔。」

然後，彷彿把桐子當作那具屍體似的，一把搶過她手上的點心盒之後就直接關上了門。

不論是仲介還是房東，對這件事都隻字未提，不知道她說的是不是真的。

最後，拜訪住在自己隔壁二〇三號房的鶴野次郎的時候，桐子心一橫，決定直接問他。

「啊哈哈哈，沒有那種事啦，不要緊的。」跟鶴野這個名字很相配，有著很白的膚色和紅紅臉頰的老人大笑著說。

「坂田先生雖然昏倒了，但是確實還有在呼吸哦。救護車是我叫的，我不會弄錯。」

桐子撫著胸口安心了下來。「這樣啊。那真是太好了……」

「幸江小姐竟然那樣亂講啊。」

「為什麼她要那樣跟我說呢？是不是，她可能對這件事有什麼誤會呢？」

「不是啦、不是啦。」他把手舉到臉前擺了擺手。

「她就是個壞心眼的老太婆。坂田先生的房子空出來之後，她自己很想住進二樓的邊間，就跑去纏著人家說要換房間，不只要求原本的租金不變，連押金跟仲介費也不願意給，結果被拒絕了啊。所以她就很不甘心才在那邊亂說話啦。」

二樓的邊間比其他間房貴一千圓這件事桐子也有事先聽說過了。

「原來啊。」

「她人其實本性不壞啦，妳別往心裡去喔。」

說這種帶著惡意的謊話的人也算是「本性不壞」嗎。

原本只有預計搬家前一天和搬家的當天請假不去打工，但隔天桐子就得了感冒，不得不休息一陣子。

桐子一直睡，什麼也沒有做，眼淚卻毫無理由地啪嗒啪嗒掉了下來。

才剛變成孤身一人，馬上陷入不得不住進疑似凶宅的窄小房間的窘境，甚至還被鄰居找麻煩。

就算是凶宅好了，不如說，如果是的話還好一點。比起凶宅，知道有人毫無理由地對自己抱持著敵意，而且今後還必須跟她在這麼近的距離下相處，這才是最令她感到不安、恐懼到不行的事。

我明明沒有做錯任何事啊。

想到這裡，就覺得連那個圓臉的仲介還有掛著一副眼鏡的房東都好可恨。

「就剩這一間了」、「這間房是最適合適合桐子大姊的」、「我也很希望可以租給妳住」，根本是故意講這種話，然後把自己丟進一間驚世駭俗的房子裡。

但是，就算想要搬走也沒有錢搬。存款幾乎花得差不多了。

看來除了住在這裡以外也別無他法了。得在這裡住到死。

對，就算被那個女人故意找碴，自己也沒有其他地方可以去了。完全是無處可逃。

不對，這麼說來，可以在這裡待下來還算不錯的，以現在沒有存款的情況來說，什麼時候會被趕出來都不稀奇。然後還請了快要一個禮拜的假，下個月的薪水直接少了一截。下個月的租金究竟付不付得出來呢。

一旦沒辦法去工作，滿腦子想的就都是不好的事。

真的，進去牢裡蹲搞不好還比較好呢。桐子一邊鑽進棉被裡，一邊這樣想著。

桐子來到隔壁鎮上的超市。打工結束回家的路上，提前一站下車來到了車站前的超市。平常沒什麼來過這邊，但聽說這間稍微便宜一點。反正地鐵是月票，桐子覺得，為了省錢，應該可以試著來這邊買東西。

感冒好不容易好起來了，從幾天前就回去工作了。但不知道是不是因為心不在焉，身體十分沉重。只要一動就感覺骨頭在嘎吱作響。

可是，要是再請假，大概就真的要付不起租金了，所以還是勉強自己工作。總不能才剛搬過來，就遲繳房租吧。

桐子在超市裡一個一個、費盡心思挑選商品，精打細算一番才放進購物籃。

一個禮拜的伙食費必須壓在兩千圓以下才行。今天可不能花超過一千圓。豆芽菜、豆腐、納豆、雞胸肉……放進籃子裡的時候，想著雞胸肉太硬了於是換成了豬絞肉。雖然是貴了一點，但是不吃肉的話感覺身體會越來越差。也想吃點魚，就拿了一片九十九圓的開背竹筴魚……猶豫了一下還是放了回去。果然魚還是太貴了。熟烏龍麵三球只要六十八真令人開心。絞肉就做成肉丸子，再拿一些青菜就可以煮成火鍋。最後再放個烏龍麵下去就能填飽肚子了吧。

排隊結帳前，先去了一趟麵包區。超市自有品牌的吐司一條只要八十九圓。這也是一個隨便吃就可以吃飽的選項。正準備拿起吐司，卻發現和菓子甜點就擺放在一旁。桐子被粉紅色的草莓大福吸引了目光。

說起來，已經好久好久沒有吃甜的東西了。

桐子本身並不像知子那麼喜歡甜食。但是，一旦真的很久都沒碰，就會突然變得有點想吃。桐子想要買個草莓大福回去，先在知子的遺照前供奉過之後，再把它吃掉。

草莓大福一個要一百二十塊。比起一條吐司貴多了。一條切成八片的土司可以吃上一個禮拜，但草莓大福一瞬間就沒了。

可是，想買給知子吃啊……桐子非常非常猶豫，還是暫且把它放回了架上。

我竟然已經淪落成連一個一百圓大福都買不下手的人了啊，桐子覺得好難過。

最起碼，要是沒有被那個白包小偷洗劫的話，明明可以稍微過得寬裕一點點的。哪怕是那時候被偷的幾萬圓當中的一萬圓也好，要是拿得回來的話，現在就買得起大福了。

又走了一下，突然，桐子想道：如果我把草莓大福塞到包包裡，然後直接通過收銀檯的話，會怎麼樣呢？

我自己也遭小偷了啊，區區大福，我拿一個走又有什麼關係。

不行不行不行不行，桐子甩了甩頭，想把那個想法拋到腦後。

正所謂人窮志短。就算再怎麼沒錢，也不應該墮落至此。絕對不能墮落成那樣。要是被抓到的話搞不好要去坐牢呢。

去坐牢？

進監獄，那不正是自己想要的嗎？

進了監獄的話可就輕鬆了。不管是三餐還是住處都不需要再擔心，生病了也可以看醫生，甚至說不定還可以得到照護服務，桐子想起這件事。

如果在這裡被逮捕的話，就可以進監獄了。那我就解脫了。

桐子回到賣麵包的區域，伸手抓了個草莓大福。接著，不是放進購物籃中，而是咚的一聲丟進了自己的包包。

然後，她規規矩矩地走到收銀檯，把其他的東西都結了帳，放進購物袋裡，再若無其事地走向出入口。

心臟怦怦直跳。雖然臉上一副平靜無波的樣子，但心臟簡直像要壞掉了一樣大聲鼓躁。

這種事情要是再做一次搞不好就會死掉了吧。

沒有被任何人斥責。儘管如此，雙腳還是直發抖。

桐子走到店外。

竟然這麼輕易就做到了這件事。

雖然心裡是想被抓起來的，但還是鬆了一口氣。

就在此時，有人從後面用力地抓住她的手腕。

「這位客人！」

真的覺得自己的心臟要停了。

「那件商品，剛剛還沒有結帳對不對！」

桐子就那樣被抓著手腕，當場雙膝一軟跪了下來。

第二章　僞鈔

「這是第一次吧？」

桐子被帶到超市後面貨倉區的一個小房間裡。

「是。」桐子囁嚅地用細微的聲音答道。

「我在問妳，是不是第一次啦！」

直到對方「磅！」的一聲地拍了桌，桐子才好不容易把頭抬起來。

對方是個穿著開襟上衣搭配休閒褲、打扮很隨興的女性，剛被帶進來的時候，她身上還有一件短版羽絨外套，現在已經脫下來掛在椅背上

雖然衣著看起來就是個普通的主婦，但不知道是不是店長之類的人物。

幾個店員在她後方來來去去。通往走廊的門敞開著，更深處應該是員工休息室或那一類的地方。一直不斷有人經過。大家經過的時候，都會往這裡多看兩眼。絕對稱不上是死盯著

瞧，就只是當作日常光景那般，視線稍微朝這裡瞥了一下而已。

雖說如此，但也沒有人真的連看都沒看一眼。每個人都一定會轉頭往這裡看。

實在是丟臉到不行。

「我叫做海野律子。」

對方的聲音很沉靜，完全令人聯想不到剛才拍桌的模樣。

「妳呢，叫什麼名字？」

「一橋……我叫一橋桐子。」

「年紀呢？七十五？七十六？」

「咦？」桐子小小吃了一驚。

雖然現在這個情況下這麼說實在太厚臉皮，但桐子很少被別人看出實際年齡。大概都會被問是不是六十幾歲。桐子對自己看起來比實際年輕這點頗有自信。

「最近的老人看起來都好年輕啊。不過，我是算過這點才推測年紀的。畢竟我在這邊也是遇過很多老人家啊。」

「喔……」

「所以？妳幾歲？」

「七十六歲。」

「猜對了吧，叮咚叮咚！正確答案！[1]」儘管說著這種臺詞，律子的臉上卻毫無笑容。

「妳應該不是家庭主婦吧？」

「啊，對。」

「儘管一眼看起來，通常會被誤認為是個好人家的太太，但可瞞不了我。因為妳身上，沒有太太的味道啊。」

太太的味道指的到底是怎樣的味道呢？

「……這樣子啊。」

「妳該不會，從來沒有結過婚吧？」

「對……妳又說對了，叮咚叮咚，正確答案。」

這時候，她終於微微地笑了。

「一般來說，這種程度的偷竊可能根本就不會被抓。」

「是這樣子嗎。」

「啊，我的意思不是說，因為這樣就可以隨便妳亂來喔。」

1 原文ぴったしカン・カン為日本一九七五～一九八六年間的猜謎型綜藝節目。

「嗯，我知道。」

又不小心低下頭。實在是太丟臉、太難為情了。

「是因為我今天剛好到這裡來。我大概每個禮拜只會過來這邊督導一次，平常是由其他調查員負責的。」

「原來妳不是這間店的店長嗎？」

桐子重新審視了律子身上的服裝。確實，她既沒有穿制服，也沒有戴任何店長的名牌。如果冷靜下來應該看得出來才對。

桐子因為工作的關係，也會被派遣到各式各樣的公司或是店裡清潔，對於觀察人們散發出來的氣場明明應該得心應手才對，果然是因為還處在驚嚇之中吧。

「不是不是。我是專門調查偷竊的調查員。在這條街上，一心一意地做了二十年，是專門做這方面的公司派來這邊執勤的。妳不知道嗎？電視也有播過吧，竊盜調查員 G-man[2]之類的節目。」

「那個我知道，可是從來沒有認真看過。」

2 万引きGメン，日本獨有的職稱，通常是由各商場、店鋪向保全公司聘僱，專門取締竊盜的特派保全人員。

因為知子討厭那類的節目，所以就沒看了。像是犯罪實錄類型的「警視廳二十四小時」之類的節目，她每次都會一邊說「好可怕好可怕」一邊轉臺。

「平常的話，通常是會由管理超市的上級公司派他們自己的調查員過來啦，我是偶爾才會過來督導這樣子。」

「啊啊。」

「妳啊，因為行為很可疑，所以我早就跟在妳後面很久了。就連妳是第一次做這種事這點，只要是像我這樣有經驗的老鳥啊，也是一看就知道了。」

「原來有這麼一回事啊。」

「反過來說，如果是慣犯的話，不管再怎麼哭著說我是第一次啦、我只是一時衝動，還是馬上就會被我看破手腳的。」

「真是厲害啊。」

「七十六歲，單身，從來沒結過婚，第一次偷東西。不對，就連做壞事本身都是第一次對吧？」

「是。」

「妳也不是因為真的太想要這個了對吧？我說草莓大福。」

「嗯啊。」

「我就知道，我全都知道。」

「妳說得對。」

「妳看著我，好好看著我的眼睛！」

桐子又一次被拍桌，還被狠狠地瞪著。

「請妳全部都說出來，要說實話。今天，到底為什麼，一個乍看是個良家婦女的人，會在這間店裡做出人生中第一次的偷竊行為？」

桐子被她強而有力的目光逼得瑟瑟發抖。

「就算妳想騙人，也馬上就會被我看穿哦！？」

「真的很對不起。」

回過神來，自己已經把手按在桌子上，深深地低下了頭。

桐子把一切都說了出來。

雖然一開始是打算簡單扼要地說明，但律子是個很好的聽眾。「欸，真的假的？這樣喔。妳也是很不容易啊⋯⋯」像這樣，她都會在合適的時間點做出適當的回應，結果一個不留神，已經交代得鉅細靡遺，甚至連白包小偷的喉結很大這種事情也說了。

「妳是想要被抓喔！」說到最後，就連什麼都懂的律子也吃了一驚。

「不是啦，我想我也不是真的完全是因為這個原因才做的。是說就連自己在想什麼，我也都搞不太清楚。」

「那，妳說說看妳清楚的部分就好？」

「大概是，太多的情緒一下子混在一起，搞得我心裡亂七八糟的，才變成這樣的吧。錢被偷了很懊惱、知子走了很寂寞，結果就，心情不穩到覺得乾脆被抓去關好了……」

「唉，我也不是不知道最近的確有這樣的人，但在我的想像中，一直以為會是年紀更大、看起來就會一犯再犯的老男人啊。我實在沒想到妳居然也是那樣想的。」

「真的很抱歉。」

「原來如此啊。」她用手掌扶著前額，垂下了頭。「可是，這種程度的話，在當今這個世道，根本就不會叫警察啦。」

「啊啊。」實在有點失望，桐子嘆了一口氣。

「只偷了一個東西就叫警察的話，大概也會被對方擺臭臉吧。我就跟妳透露一件事吧，就是他們也沒有這麼閒啦。」

「嗯。」

「之前啊，有一個真的連一塊錢也沒有的遊民被帶來這裡，我們想說如果他被拘留的話，不但可以遮風避雨，甚至還有東西吃，所以不如說我們是基於體貼才叫了警察來。結果，警察只是狠狠罵了他一頓之後就收工。之後我們只好把他的家人找過來。不過，妳好像是連家人也沒有了對吧。」

「嗯。」

「剛才聽妳說了那麼多，其實是在探聽妳的弱點啦。找出這件事情妳最不想讓誰知道。妳最不希望我們去找的應該是那個……妳姊姊的小孩啦、房仲啦、隆先生啦、知子的家人這些吧。」

真的毫無保留地全都說出來了。連一絲隱瞞都做不到。

「但是，我也沒辦法把那些外人叫來這裡啊。」

自己已經是一個，就連偷了東西都找不到擔保人來幫自己交保的人了啊。

「真的很抱歉。」

「但我先說，下次妳要是再犯的話，我會通知哦，毫不猶豫地通知他們哦，妳的那些外甥還是姪子的。」

「……可是我連他們住在哪裡都不知道，而且我覺得叫了他們也不會來。」

「就算是叫不來的人，也會被逼得不得不過來出面啊。」律子一臉寂寞地望著桐子的臉。

「我還是覺得妳和其他人真的很不一樣呢。」

「有嗎？」

「妳覺得人為什麼會偷東西？」

「為什麼？那當然是因為，很想要某樣東西吧？因為沒有錢？只靠老人年金實在不夠生活之類的？」

「雖然妳說的也都沒錯，可是最主要還是因為賭徒心理。」

「啊，是因為把錢拿去賭光了之類的原因嗎？」

「不是啦，不是啦，我是說偷東西本身就是賭博的意思。」

桐子歪著頭，有聽沒有懂。

「我也覺得像桐子妳這樣的人應該是不會懂的。就算是錢很多的人也會偷東西喔。一般來說，抓到小偷之後，都會發現他錢包裡的錢絕對買得起他偷的東西。而且，那種人都不懂得珍惜。」

「妳說不懂得珍惜是指？」

「到底是為什麼呢。不知道是不是因為沒花到自己的錢才那樣。很奇怪喔，他們偷了食物之後都不會珍惜食物欸。如果被別人指責他偷東西，就會毫不在意地把食物隨便亂丟在路上。」

「真糟糕耶。」明明自己也偷了東西，卻沒多想就脫口而出。故意把吃的東西丟在路上，真是令人難以置信。

「偷竊行為就是一種容易成功的的賭博。賽馬啊、賽車之類的都是被經營者賺去了一半，賭贏的機率也很低。但是，如果是偷竊，只要幹得夠漂亮，就幾乎不會被抓，穩賺不賠，所以有很強烈的快感吧。」

「原來如此。」

「我在來做這個工作之前，也不太知道偷東西的人在想什麼。就算被抓到還是一而再再而三地再犯到底是什麼意思，我實在搞不懂。但是，把偷竊理解成賭博之後，一切就全都說得通了。」

「原來真的是這樣嗎？」

「可是，妳給人的感覺，完全沒有任何一丁點的『快感』啊。」

「對。」

「所以我就覺得妳不是一般的偷竊慣犯嘛。不過，絕對不要再做這種事了喔！」律子語氣強烈地說。「絕對不能再往這個世界跨一步了。也許現在不這麼覺得，但難保有一天，偷竊就會變成一種快感了。」

「好的。」

「我個人是絕對不希望桐子妳變成那樣的。我希望這件事就在這裡到此為止了。」

「謝謝妳。」

「偷竊的事情還是要經過店長衡量，之後要怎麼處理也是交給店長決定。不過，妳的情況是只偷了一件商品，只要把錢付一付，應該不會嚴重到叫警察來啦。我也會替妳說話的。」

「真是不好意思。」

「所以，真的絕對不要再這樣了喔。」

「好。」

「我固定禮拜五會來這邊。如果有什麼事，妳來跟我說。」

「這怎麼好意思……」

「萬一，妳要是又突然想幹嘛了，妳就來找我。我都會聽妳說的。」

「妳人真好啊。」

不由自主地，淚水湧了上來。

「不知道為什麼，總覺得不能放著不管啊。除了桐子妳之外，也有幾個人像妳這樣，他們也都會過來這邊聊聊。」律子輕輕微笑道。

「真的很謝謝妳。還有，非常對不起。」

桐子站起身，深深地低下頭。

照律子說的，通知了店長，桐子又被念了幾句之後，當天就被放回家了。

回家的路上，她的眼淚一直停不下來。

接著，大概是因為走得心不在焉的關係，一不小心走回了之前的那個家……和知子一起住的那個家。

那棟房子現在大大地貼上了「出租」的看板，桐子在屋前呆站著，悵然若失地凝固在那裡。

才隔了幾週不見，那棟房子看起來冰冷得出奇，真是不可思議。房東似乎動作迅速地找人來清理過了。應該是連牆壁跟屋頂都洗刷過了，看起來整個都乾淨俐落。院子裡，照理說應該有幾棵知子和桐子一起照顧的庭園景觀樹才對，但連那個都被不留痕跡地清理掉了。

剛開始住進這裡的時候，她們透過仲介跟房東確認：「可以種一些樹木造景嗎？」得到了「如果不會長到太大的話是可以」這樣的答覆。明明是那樣說的，還真沒想到才剛搬離開這個家的瞬間，就真的被連根拔除了。

「丁香，紫丁香。」不經意地，桐子喃喃道。

庭院的一角種著知子喜歡的紫丁香，就是那種叫做丁香的開花灌木。後來，也種了桐子喜歡的梔子花。

有一本叫做《丁香花下》的少女小說，桐子跟知子小時候都讀過。一開始就是因為這個話題，高中時代的兩人才變成好朋友的。

高中的第一堂國文課，老師要他們介紹一本自己喜歡的小說代替自我介紹。當時視力已經不太好、身材又矮小的桐子坐在第一排。她第一個被點名，猛然浮上心頭的就是這本書，於是她直接就說出了《丁香花下》。

「沒聽過耶。我沒讀過這種書。」叫做神部的國文老師好像要劃清界線似的這麼說，可能是因為他的態度明顯不友善吧，教室裡傳出一陣哄笑。

其他同學口中說出的都是太宰啊、芥川啊，或是夏目的小說，桐子覺得實在太丟臉了，直到下課前都一直不敢起頭。

國文是桐子最擅長的科目，她本來還很期待的，沒想到上了高中之後，大家都一副裝大人的樣子，讓她覺得好難過。

下課後，有人從後面點了桐子的肩膀兩下，那個人就是知子。

「我也喜歡奧爾科特唷，非常喜歡。」

「真的嗎？」知子臉上漾起笑容。

「妳讀過《小婦人》了嗎？」

「嗯嗯。」

「我最喜歡喬了！」

「我也是！」

「那奧爾科特的《她的名字叫「玫瑰」》呢？」

「那本我還沒看耶！」

「那我明天帶來借妳吧！」

那之後她們就成了一輩子的摯友。

最喜歡小說中的喬的知子，本身是個身材高䠷、看起來端莊賢淑、內心卻有著滾燙熱血的女性。不論是賽跑還是打籃球，在班上都是數一數二，非常受人歡迎。要是沒有知子，桐子的高中生活肯定會完全變成不同的樣子。

《丁香花下》後來被重新編譯、以《丁香盛開的家》作為書名重新出版。「這個書名翻得比較好對吧！」桐子和知子針對這件事聊上了一陣子。

剛搬到這間房子來的時候，她們在車站前的花店看到了滯銷的紫丁香盆栽在特價，只要幾百圓。小小一盆，花也幾乎都凋謝、掉光了。她們費盡心思地照顧，努力澆水，有時還用洗米水養育它，卻始終沒有長大多少。不過話說回來，還是有看它開過兩次花。知子很憐惜那僅有的幾朵花，會把它們鋪在廣告傳單上曬乾、想做成押花保存，盡可能地把它們留存下來。原本就像米粒一樣小的微小紫色花瓣，乾燥之後縮水成了芝麻般的大小。

「變成這樣也是無可奈何呢。」知子這麼說，一邊把它們裝進小玻璃瓶裡。

那些小芝麻粒現在到哪裡去了呢？想不起來了。可能是在知子的兒子們來拿她的遺物時，混在那堆東西裡交給他們了吧。

桐子一邊想著這些事情，總算是拖著步伐回到了自己的公寓。公寓跟之前的家相隔了地鐵一站的距離，也就是說她走了二十五分鐘以上。

腰和腿傳來了強烈的刺痛感。

桐子回到房間打開了電暖器，把雙手舉在暖爐前相互摩擦。

自己這樣真像一隻蒼蠅啊，桐子心想。

桐子已經很久沒做這樣的動作了。之前住透天的時候用的是瓦斯暖爐。雖然會花上一筆瓦斯費，但一開就會馬上暖和起來。那是之前搬家的時候，知子從以前和先生一起住的家裡帶來的。有了那個暖爐和暖被桌，就幾乎感覺不到冬天的存在了。知子和桐子兩人還小的時候，都還是用火盆取暖的年代，她們可不怕冷。

但是，那個瓦斯暖爐已經交還給知子的兒子了，這棟公寓也沒有天然氣的管線可以接。再怎麼說都沒辦法用那臺暖氣了。

桐子鑽進暖被桌裡直發抖。本來想說只要房間變暖了，就要去把電暖器關掉，卻一直沒辦法去關。

桐子打開包包，把今天買的東西一樣一樣拿出來，最後買下的草莓大福滾了出來、掉在地上。桐子注視著地上的草莓大福，淚水又再度溢出了眼眶。

雖然最後是自己花了錢買回來的，但是一點都不想吃。彷彿那是被玷汙的髒東西似的，無法伸手去碰。

甚至也沒有辦法把它供奉在擺了父母牌位和知子照片的佛壇上。居然曾經想要把這麼骯髒的東西送給知子，真是不知道自己在想什麼。

哭了一陣子之後，還是必須自己從包包裡拿出手帕、把眼淚擦乾。桐子現在只剩自己一個人了。就算再傷心也只能自己一個人停止哭泣、自己一個人擦乾眼淚。

桐子站起來，去小小的廚房燒了一壺水。然後仔細地泡了一杯茶。

她把茶端回暖被桌，伸手撿起了掉在地上的草莓大福。然後撕開包裝紙，把它放到小盤子上。

她靜靜地凝視著那個淡粉色的圓形糕點。

雖然做不到把這個大福供奉給知子這種事，但總歸是自己造的孽。不對它負起責任可不行。而且，食物本身並沒有罪。律子不也說偷竊慣犯對偷來的東西都很不負責任嗎？桐子一點都不想變成那樣。

注視了約莫十分鐘之後，桐子拿起大福輕輕湊到嘴邊。

「好好吃。」

軟嫩的麻糬皮、香甜的紅豆餡、酸酸甜甜的草莓，全部加在一起送進嘴裡。美味在口中擴散，就算再怎麼傷心還是只剩下「好好吃」這種臺詞。

對了……桐子想起一件事。

有一次，知子帶了一大袋促銷特價的大福回來。聽說是快要過期的特價商品，最後還是沒賣掉，她就把那些報廢的大福拿回來了。另外，她還用七折的特價買回了一整箱盒裝草莓。

「這怎麼吃得完呀？這麼多可怎麼辦才好。」

呵呵呵，知子惡作劇般笑著，把堆成一座小山的大福都切成兩半、放在盤子上。又拿了一個盤子，用來裝洗乾淨、摘掉了蒂頭的草莓。接著把兩個盤子都擺到桌上。

「就這麼辦。」

她拿起對半切開的大福，把草莓緊密扎實地塞進紅豆餡裡。然後，把麻糬皮和紅豆餡捏一捏，完美地將草莓包了起來。

「啊。」

「妳看，就像這樣。」

知子拿在手上的，是一顆草莓含量比一般大福多了整整一倍的草莓大福。

「來，請用～」

「好厲害。」

「這個點子我從之前就一直在想了。所以啊，一直很想試試看嘛。今天剛好有要報廢的東西，我就趁機連草莓一起買回來了呀。」

兩個人吃草莓大福吃得好飽，那天的晚餐就只吃草莓大福。就連隔天的早餐也是。

「這樣吃簡直是小時候的夢想啊。」

「但是可不能被孩子們看到呢。」

「感覺血糖就會超標。」

「真是的，都這把年紀了。讓我們吃自己喜歡吃的東西吃到死掉嘛。」

然後，就真的死掉了。

不過，知子是不是真的沒有遺憾了呢？

真希望如此。桐子一邊吃著草莓大福，一邊想著。

接著，她下定了決心。

不能給別人添麻煩。要認真地思考怎麼犯罪了。一定要想一個可以進監獄，還可以在那裡待到死的犯罪方式。只希望不要害外甥被閒言閒語。還好，他們跟自己不同姓氏。如果真的犯了罪被逮捕，萬一被報導出來的話，應該也不至於給他們添麻煩吧。

好歹也要自己一個人處理好自己的結局。

自從知子住院，桐子只要一有時間，就會到醫院去探視。

過世前一個月左右，她就預知了自己的死期，然後說：「對不起啊。」她已經連坐起身來的力氣都沒有了。

「道什麼歉呀？」

桐子在知子的枕邊打著毛線。她是向手很巧又喜歡做手工藝的知子學的，正用勾針織著一個裝飾圖樣。她打算之後把它織在一件披肩上，冬天就可以讓知子在床上蓋在胸前保暖。在醫院聊天的時候，毛線真是個不錯的小道具。

「對不起，我要先走一步了。對不起，留下妳一個人。」

桐子一驚，手便停了下來。

「我還想送桐子最後一程的……啊，這樣說出來也不太對，不能這樣說。這樣聽起來好像我想活得比桐子久一樣呢。」

當然，她明白知子的心意。

「妳呀，說這什麼話嘛。」桐子小心地拿捏力道，搥了一下知子的肩膀。知子瘦削的肩頭好像小鳥那麼輕，彷彿睡衣底下什麼也沒有。

「我接下來還要活得很久呢，活到很老、很老，還要談戀愛、要過得很幸福啦。」明明已經用盡了全力忍住，說到一半卻還是嗓子發顫，終究哭了出來。

「對不起啊。」知子也哭了。「但是，桐子妳要活到很老很老喔。」

「好。」

「答應我了喔。」

對。我要活下去，已經跟知子說好了。

唯有對她，桐子既不能說謊，更不能不守信用。

遠方傳來了打鼓的聲音。

咚咚咚、咚咚、咚噠噠咚。

究竟，是為誰而打的鼓聲呢？這附近剛好有廟會嗎？還是哪裡的學校在舉辦運動會呢？

不過現在可是冬天啊……

想到這裡，桐子忽然醒了過來。然後，她理解到祭典的鼓聲原來是敲門聲。

「來了、來了。」不自覺地脫口而出回應道。

然後，桐子才醒悟到，既然都已經出聲回應了，就更沒有理由不去應門，這讓她更加著急。

可是，低頭一看，自己只穿著一件粉紅色的睡衣。雖然是胸前有花邊領子的那種，但總之還是不可能穿成這樣去開門。

「來了來了，請稍等一下喔。」

從貓眼看出去，外面站著一個沒有見過的老人。是個八十歲左右的男性。情急之下，桐子直接把掛在廚房的圍裙往身上一套，再撿起昨天穿過的長褲，把雙腳塞了進去。覺得自己已經拚了老命、用最快的速度完成了，實際上動作卻沒有多快。敲門聲變得更用力了。這時，桐子才發現天還沒有全亮。看了看牆壁上的掛鐘，都還沒六點。這種時間，到底是有什麼事呢。

回到門前，再次從貓眼往外看。出現在眼前的，是一個一看就知道心情不好的男人。穿著灰色的運動服，有一張四四方方的臉，嘴角向下撇成「ㄟ」的形狀，眼睛滴溜滴溜地瞪得大大的，一雙厚唇顯得很紅。桐子想著這樣的長相好像跟什麼有點像，原來是跟鬼面具一模一樣啊。她嚇得起雞皮疙瘩。

可是都已經出聲回應了，不開門實在是說不過去。畢竟這是一棟專門租給高齡人士的公寓，可能是這裡的租客吧。但是，也可能是奇怪的可疑人士啊。

「請問您是哪位呢？」

「石丸啦。」

「請問是哪一位石丸先生呢？」

「一〇四號房的石丸啦！」得到了怒吼般的回答，桐子縮了縮脖子。不過，果然是同一棟公寓的居民。

桐子戒慎恐懼地把門打開了一條縫，結果被對方一把用力拉開。冷空氣瞬間灌進房裡。

「妳是在幹嘛啦！」突然又被吼了，桐子又縮了一下脖子。

「不好意思。」雖然完全沒搞清楚現在是什麼狀況，還是毫不猶豫地立刻道歉了。

「我說妳啊，妳以為現在幾點啦！」

「……六點……嗎？」

「五點啦，現在才五點五十分咧！根本還沒六點。」

「呃……」

自己究竟做了什麼事都還不知道。可是，石丸現在又很生氣，根本沒有插嘴的餘地，因此，桐子只能聽他罵上一陣子。

「那個……不好意思。請問，我到底是做了什麼呢？」

終於插得上話的時候，已經聽他吼了差不多五分鐘。這段時間裡，石丸像臺壞掉的錄音機般重複著差不多意思的話，內容大概是：妳是不是瘋了？真不敢相信欸！我以前啊，在公所上班，還當過大學講師，之前住過的地方都沒有遇過像妳這種人啦⋯⋯

「妳這個人，一大早就在房間裡胡搞瞎搞是在幹嘛？啪噠啪噠的吵個不停，別人怎麼睡啊！妳給我適可而止一點喔！」

「我沒有胡搞瞎搞，我一直都在睡啊，反倒是現在才被你叫起來欸。」桐子終於弄清楚原因，趕緊解釋道。

「還不承認！妳就一直啪噠啪噠、啪噠啪噠的不知道在幹嘛啊！我都聽到了！妳房間根本就像有樂團在裡面一樣吵得要命。如果妳說不是妳幹的，那一定是妳找了什麼人來家裡吵鬧吧。」

「我沒有，真的沒那回事。屋子裡就只有我一個人而已。而且，這不是還沒六點鐘嘛，我根本就還沒起床啊。直到你跑過來之前，就真的直到剛才的剛才我都還在睡啊。」桐子再次重申，石丸瞬間沉默了。雖說微乎其微，但他的眼裡確實掠過了一絲遲疑的神色。

「我昨天，整天都在外面做打掃的工作，回來已經很累了，根本不可能半夜在那邊吵吵鬧鬧啊。」

「我做的可都是一些比較有貢獻的工作呢。」

「您還真是了不起，但是總之，我沒有吵鬧。」

「石丸先生。」隔壁的門被打開，二〇三號房的鶴野探出頭來。應該是聽見了兩人的對話。

「不是一橋啦。我就在她隔壁啊，一橋小姐一直都安安靜靜的。」

石丸沉默地看著鶴野。

「一定是哪個送報的還是什麼的在走廊胡鬧吧。」

「可是真的很吵啊……」

鶴野對桐子使了個眼色，過去攬著石丸的肩。身形矮小的鶴野光是要搭上石丸的肩，看起來都很吃力。他盡可能地伸長了手，安撫地拍拍石丸的背。

「好啦，送報的已經走了，可以回你房裡了吧。」鶴野說著，陪著他一起走回房間。他跟鶴野就很好說話，不知道是不是因為對象是男人的關係。這麼一想，桐子就更覺得生氣了。

「真不好意思。」桐子雖然還是不知道原由，但還是對著走回來的鶴野低下了頭。

「沒事啦。他就是稍微有點這個。」鶴野用手指尖點了點太陽穴。因為同樣是老人，他表現得很直接。

「他有時候就是會聽見別人聽不見的聲音、看到別人看不到的東西啦。盡量不要跟他正面衝突，聽他說就好，他發洩完就沒事了。」

可是，突然被這樣怒吼實在很可怕，心情絕對不會好。

「唉，不過他再更嚴重下去的話，也是得去跟房東或是房仲說，討論看看該怎麼辦呢。」

「這樣啊。」

「之前是已經有跟他們報告過了啦。」

「那個人，他說他是公所的人員？」

「他以前好像是在哪裡做公務員吧，可是他的兒子們好像都跟他合不來的樣子，那個叫什麼，下鄉就職？總之據說從東京跑到鄉下地方去工作了。」

「聽起來很寂寞呢。」

「目前的話，白天是都會去日照中心啦。」暫時就先再觀察看看吧，鶴野說完，就回自己房裡了。

桐子試著鑽回被窩裡，但早就已經清醒過來，再也睡不回去了。於是她來到廚房，燒了一壺水，再泡了杯茶，走到暖被桌。

然後很深、很深地嘆了一口氣。

一早被人敲門吵醒已經很令人惱火，又被怒罵了一通，到現在還是覺得很火大。她打從心底希望自己未來不要變成那樣，如果老到變成那副德性，光是想像就覺得好恐怖。但同時也不得不承認，確實讓人感到「悲哀」。

畢竟石丸的孤獨和老態，在自己身上也都有。

一進到吸菸室，正一個人待在裡面的年輕男性匆忙把正在抽的香菸按進菸灰缸。

「唉呀，你抽沒關係呀。這裡是吸菸室嘛，你不用顧慮我啦，不然都沒辦法好好放鬆了吧。」

「不會，我沒關係。反正也差不多抽完了。」

「我會盡快掃一掃的。」

這是一棟七層樓的住商混合大樓，一週裡面，桐子有一半的時間會來這裡打掃，也就是說一週會來三天。大樓的三樓到六樓是公司。

這裡的樓層裝潢說是住商混合又太光鮮亮麗，現在好像要稱作「辦公大樓」比較正確。可是這棟大樓屋齡又高達四十多年，從外觀上看起來確實很舊了。幾年前是由買下這棟大樓的公司進行了大規模的改裝工程，把內部裝潢得富麗堂皇。桐子自己是覺得，不如乾脆把外觀也整修一遍比較不是比較好嗎，但聽說在年輕人看來，這種復古風反而更時髦。

剛才把菸捻熄的是一個看起來二十歲中段左右的男子，身材乾瘦、個子很高，頭髮一直都毛毛躁躁的。身上穿的總是不顯眼的格子襯衫配上休閒褲，再加上一副土裡土氣的眼鏡。

有時候，桐子在吸菸室或辦公室會跟他聊上兩句。我沒有女朋友啦，他之前這麼說過。不用說也知道啊，桐子心想。每天從早上到深夜都在工作。這裡一定就是那種電視上說的「黑心企業」吧，桐子心裡是這樣看的。

桐子就連他的名字都不知道。雖然他胸前掛著員工證，可是那上面只印了員工編號而已。

「你就放心抽沒有關係啦。你慢慢抽啦。」

每一次，只要桐子進來，他就一定會把菸捻熄。大概是在意二手菸的危害之類的。

「沒，我正好要走了。」

「我們這個年代啊，從以前就一直都在抽菸抽個不停的男人身邊工作嘛。就算少吸這麼一點點二手菸，也不會有什麼改變了啦。也都活了這麼久了。」

哈哈哈哈，他無力地笑了。

「既然妳都這麼說了，那我就不客氣地再來一根囉。」他說著，又點起一根菸，很享受地抽了起來。

幾年前，平安夜的隔天一早，桐子遇見了加班到直接睡在公司的他，於是問他：「你聖誕節都沒有去哪裡過嗎？」之後，他們就成了會互相打招呼的關係，偶爾聊上幾句。

桐子看著他瞇起眼睛品嚐香菸的樣子，就在想，年輕的女孩們怎麼都沒有發現這孩子的好呢？為什麼都沒有注意到這個小鮮肉呢？大家都在喊找不到對的人，一定是沒有好好關注自己的周遭啊。

桐子並沒有興趣把年輕的男子納為自己的囊中物。但是，實際上她也不是不懂年輕男子的好。不，應該說正因為不可能把對方當成交往對象，所以總覺得比起年輕的時候，更能冷靜地發現他們的優點。

他很親切，又是最早到公司、工作到最晚離開的勤勞員工，因為人太好總會被塞許多工作任務。要說的話，肯定是個絕佳的結婚對象。

「你有沒有好好吃飯啊？看你都瘦了。」桐子一邊動作俐落地把菸灰缸裡的東西倒進收集桶裡，一邊關心道。她想盡快結束這邊的清潔，好讓他安心放鬆一下。

「就平常都不太餓。」

「你就是太忙了啦。怎麼不去跟社長反映一下，跟他說你的工作量太大了啦。」

結果，不知道為什麼，他又笑了。

「我不討厭工作啊。」

「可是啊，你再這樣子工作下去的話，小心哪天得什麼癌症啊。」

「欸……」

雖然想早點結束手上的工作，但聽他的反應，似乎有點被打動的樣子，桐子忍不住繼續往下說。

「這種事情我看很多啦。之前有個在公司裡負責很多事情的人啊，他手上的工作終於忙完、轉調到別的部門去的時候，附近的同事還在說，唉呀～這下他終於可以輕鬆一陣子啦，結果就突然被檢查出癌症，才過半年就走了欸。」桐子正在擦桌子的手稍微停了下來，嘆了一口氣。

「誰也沒想到啊。癌症好像不是在你忙的時候會染上的呢，反而是好不容易忙完了，覺得終於可以鬆一口氣休息的時候，它就找上門來了。所以啊，就算你還年輕，還是一定要按時去做健康檢查喔！」

「一橋大姊還真是讓我學了一課啊。」

對方真誠的感嘆反而讓桐子意識到自己剛才說得太投入、太自以為是了，突然覺得很不好意思。但是，他也沒有不高興。年輕人從桐子胸前的名牌知道了她的名字，之後就直接以名字稱呼她了。

這棟大樓裡的員工名牌上沒有名字，但是像桐子這樣出入往來的業者則會被要求清楚地標示出名字，說是為了安全上的考量。不過，如果介意這種小事的話，就接不到工作了。

「真抱歉，我太自以為是了。」

「不會啊。謝謝妳欸。我身邊幾乎沒有人會對我說這些。而且，妳每次都把辦公室打掃得很乾淨，真的很感謝妳。」他微微低下頭致意。桐子看到他這個模樣，突然冒出了向他求助的念頭。

「是說啊……那如果，之後有機會的話，有件事我想跟你請教一下。」

「欸？什麼事？」

「沒有啦，你還要忙吧，之後有機會再說好了。」

「還好啦，我現在沒什麼事啊。」

「真的嗎？真是不好意思耶。我只是想說年輕人應該比較懂這方面的事情。」

「是哪方面？」

自從上次……自從那次偷了東西之後，桐子一直在想著。

真的會被抓進監獄的罪，會是什麼罪呢？

到底有什麼事情可以盡量不給人添麻煩，又能被判最重的罪呢？桐子一直想一直想，但自己一個人實在想不出什麼結果來。

「那個啊，你知道有些人會犯罪吧？」

「犯罪？嗯，妳是說觸犯法律上的罪刑的、那個犯罪嗎？」

除了這之外沒有別的解釋了吧。

「對。如果要說犯罪的話，那當中，不會給別人添太多麻煩，又可以被判最重的是哪種罪呢？你如果有想到什麼的話可以跟我說嗎？」

「很重的罪喔……」

「沒錯。要可以在監獄裡待上很長的時間、坐牢坐很久的那種罪。」

「嗯……」他雙手抱胸思考著。「真是個有趣的問題。」

「只是我和幾個朋友剛好討論到這個話題而已啦。」這個隨便的解釋似乎就足以打消他的疑心。只見他「嗯……嗯……」陷入沉思。

「要說最重的罪，那當然是殺人了吧。」

「是沒錯啦，但做那種事可不行呀！」

「那不然，就是強盜殺人了。為了奪走什麼東西而取人性命可是很重的罪，我是這麼聽說的啦。」

「唉呦，我就說絕對不能做那種事了嘛！」

「那不然就是綁架撕票。」

「很可怕耶，別說了啦！」

他笑了。

「明明是一橋大姊妳問我的啊。」

「對啦，不好意思。那我是說，難道沒有那種，不會給別人造成困擾的重罪嗎？」

「啊啊。」他豎起食指說道。「我之前有在網路上看到一個。聽說做假鈔其實是重罪哦。」

「假鈔？！」這倒是桐子完全沒想到過的一個詞。「假鈔就是指，那個假鈔？」

「難道還有別的意思嗎？」這次換桐子被反問了回來。

「假鈔這種東西乍看是很簡單的一個詞，但是其實包含了一個國家根本上的問題。」

「國家？」

他突然興致勃勃地開始說了起來。桐子至今為止還沒有跟他聊過這麼久的天，搞不好他其實是很喜歡跟人家辯論之類的類型也說不定。

「鈔票……也就是說，錢之所以是錢，是什麼讓它成為錢的呢？」

桐子把頭一歪。

他掏了掏口袋。從休閒褲的口袋裡，摸出了皺巴巴的鈔票和幾枚硬幣。

「我基本上是沒帶什麼現金在身上啦。」

「噢？最近很流行、用手機之類的『嗶！』一下就可以了對不對。」

「對啊。有行動支付ＡＰＰ跟信用卡就差不多都可以結帳了。」

然後，他把一張千圓鈔票展開攤平，舉到桐子面前。

「不過，這邊我們還是用鈔票來說明會比較簡單易懂一點。」

「你是說？」

「是什麼讓這一千圓是一千圓的呢？」

「欸？」

聽不懂他在說什麼。

「一千圓可以拿來買東西對吧。」

「是的。」一不小心就做出了小孩子回答老師般的回應。

「一千圓可以買得到什麼呢？」

「買得到什麼喔，我想想……比如說蘋果或橘子啊。如果是買蘋果，一袋五個的那種，大概一袋三百八十圓吧。橘子的話，大概一袋四百圓？不同產地的也有差啦。然後還可以買大福，」無意識地脫口而出，又馬上摀住嘴巴。心裡浮現出關於草莓大福的糟糕回憶。「……草莓大福一個一百二十塊。」

「那，可以買八個大福。」

「可是，還要加上消費稅喔。」

「這邊我們就先不要去想消費稅的事情吧，那又會牽扯到政府的其他問題了。」

「好。」

「這張紙……上面寫了一千日圓，那麼為什麼這張小紙片可以變成八個大福呢？」

「因為……因為它是一千圓啊。它就是一千圓嘛。」

「沒有錯。這又是誰決定的呢？」

「嗯，就是你剛剛說的，政府啊國家什麼的吧。」

「我的名字叫久遠。」年輕人久遠露出了笑容。可以看到他嘴裡有一口整齊潔白的牙齒。只要他平常多笑一點，明明可以很受女孩子歡迎吧，桐子心想。

「唉呀，抱歉，我真失禮。那，我之後就叫你久遠囉？」

「嗯。我們繼續。妳說的沒錯，政府，也就是日本中央銀行決定了這是一千圓。不過央行和政府之間的關係如果要一項一項拿出來檢討的話會很麻煩，所以姑且先說是政府就好。」

「是。」

「是政府蓋了官印、決定這就是一千圓的。」

「蓋官印認證的一千圓。」

「也就是說，錢這種東西，其實就等於政府的權威。這部分再詳加敘述的話一樣會很麻煩，這邊就先省略。某種程度上，錢這種東西，就代表了政府或國家本身。所以政府或是錢作為社會信用或權威的意義變得衰弱時，幣值就可能會變低。也因此，政府會把鈔票做得很精細，以防止人家做偽鈔。製鈔的技術甚至可以說是日本的最高技術呢。」

「原來如此。久遠，你真的是腦袋很好耶。」

「做偽鈔的行為無非就是表示和政府作對了。作工精細的假鈔如果得以在市面上大量流通，政府的權威就不可能不受到動搖。金錢就是政府的本體。做偽鈔就等同於計畫推翻整個國家。」

「喔喔……聽起來好嚴重喔。」

「所以說啊，做假鈔是很重的罪。」

「可是，做假鈔什麼的，沒辦法輕易做到啊。久遠你剛剛不是也說了鈔票的做工很精細嗎？這麼一來不就需要印刷工廠或是精密的印刷技術之類的嗎？」

「是沒錯。可是，也有簡單到不管是誰都能瞬間做出假鈔的方法喔。」

「真的嗎！？」

「用便利商店的影印機啊，全彩影印就好了。」

「啊啊。可是，光是全彩影印，印出來的錢根本就沒辦法用吧？」

「但是目的是被逮捕吧？根本不必使用印出來的假鈔啊，所以全彩影印就很夠了。」

桐子不禁豎起了食指，指著久遠。

「原來是這樣，太厲害了！久遠，你真是太厲害了啦！」

「不過我聽說便利商店的影印機也有設定各式各樣防止人影印鈔票的機制就是了。」

「機制？」

「就是為了不要讓人輕易地做出假鈔啊。」

「真是的……」

那不就又做不出假鈔了嗎。桐子垂下了肩膀。

「我聽過的說法是，如果用超商的影印機對鈔票進行全彩影印的話，機器裡的資訊會馬上連線傳到警察局，然後就會被當場逮捕；或者是影印機裡有設定警報器，會大聲作響，然後超商的員工就會馬上報警抓人之類的。」

「你是說，印是可以印，但馬上就會被報警是嗎？」

「應該啦。」

「那就太完美了啊！」

「欸？」久遠露出狐疑的表情，看了過來，桐子緊張了一下。

「不是啦，我是想說這個計畫還真的想得很周到。這樣真的可以確保被逮捕對吧？」

「這我怎麼會知道呢。因為要是真的做了就會被抓欸，根本不會有人真的去試試看吧。」

「你說的也沒錯。」

「但要是被抓到真的是重罪。偽造貨幣應該是會判無期或者是至少三年以上的刑期，而且好像還不能緩刑。」

「唉呀，那可真不得了。不過，謝謝你告訴我這些。聽起來真的不會給別人造成太多困擾呢，真是個不錯的犯罪呀。」桐子用力地點了點頭。

「一橋大姊，妳真有意思呢。」

「咦？」

「竟然會這麼認真地探討這種事啊。嗯，我也聊得很開心，總覺得心情豁然開朗、精神為之一振啊。」

桐子則是馬上就開始思考了。要影印的話，該去哪裡影印才好呢。

久遠把拿在手上的千圓鈔票對折，輕輕塞到桐子工作服的胸前口袋裡。然後微微一笑，走出了吸菸室。

想事情想得太入神的桐子竟沒有馬上把那張千圓鈔票還給他，回過神來才吃了一驚。她把那張鈔票緊緊握在手裡，走出吸菸室，卻到處都找不到久遠。桐子看過辦公室，想著他會不會是進會議室了，但是也沒看到。結果，光顧著四處找他，打工的時間也不知不覺地結束了。

下次遇到他的時候再還給他吧。桐子想著，仔細地把鈔票放進錢包裡收好。

平日的午後，桐子把一張鈔票藏在包包的最底部，快步走著。

那張鈔票，是昨天從銀行領出來的。平常都只會領幾張千圓紙鈔出來，已經很久沒有像這樣把一萬圓的鈔票拿在手裡了。

首先必須先找到一間便利商店進行影印。

桐子住的鎮上，以車站作為中心，有兩個廣場，一邊是計程車跟公車的轉乘點，另一邊則像要把人團團圍住似的羅列著連鎖餐飲店，還有一間便利商店。車站前只有那一間超商。

而走路十分鐘內的街道兩旁，最近因為綜合醫院從東京轉移到這附近來發展，提供醫院相關人士使用的住宅也開始一棟接著一棟蓋了起來。再者，開車二十分鐘左右的地方還有大型購物中心，接駁車三十分鐘一班。那棟購物中心蓋在荒川的支流流經的一側。

醫院附近和購物中心的接駁車候車站各有一間便利商店，另外河岸邊的住宅區裡也有一間。

「還是乾脆不要找家附近的，找池袋的便利商店也可以吧。還是說，找找看新宿的。」

桐子看著手機裡的地圖APP，反覆思考著。

如果在大都市犯案的話，被附近鄰居撞見的風險也比較低。

可是，池袋或新宿本身就是案件的集中地。那邊的警官一天到晚跟凶神惡煞打交道，搞不好也都很粗暴。萬一直接被揍或怎麼樣，那就太可怕了。

桐子不禁打了個哆嗦。

畢竟再怎麼說，做偽鈔都是從金錢方面去動搖國家安泰與社會信用的大罪。那麼，果然還是找附近的超商就好了。令桐子感到訝異的是，她發現自己就連要犯罪，都想要找自家附近的地點來做。也許人類這樣的存在，到最後都還是沒辦法在自己熟悉的地方外行動吧。

桐子決定往河岸邊住宅區裡的那間便利商店前進，她至今一次也沒有去過那裡。把房間收拾得乾乾淨淨之後就出門了。

那間便利商店前有個大約能停十臺車左右的停車場，是個約有一百平方公尺、有模有樣的大型店鋪。一走進店裡，就傳來店員無精打采的聲音：「歡迎光臨……」

收銀檯前站著一個年輕的女子，她正用指尖搓著從綁好的髮束中掉出來的一綹頭髮，專心地盯著看。看樣子可能是在找分岔的頭髮。

在店裡繞了一圈，麵包販賣區前面有個中年男性，正在把新的麵包補到貨架上。不知道他是不是店長。

影印機在收銀檯對面的窗邊，旁邊擺著幾排雜誌。桐子假裝看雜誌，一邊斜眼偷瞄影印機。

——我聽過的說法是，如果用超商的影印機對鈔票進行全彩影印的話，機器裡的資訊會馬上連線傳到警察局，然後就會被當場逮捕；或者是說影印機裡有設定警報器，會大聲作響，然後超商的員工就會馬上報警抓人之類的。

久遠的聲音在心裡重播。

桐子把假裝在看的雜誌放回架上，踩著細碎的步伐橫向移動。

她以前只用過一次影印機。當時被委派執行俳句社社刊的印刷工作，和知子一起去影印。那時候她根本就不知道怎麼用影印機，在那邊摸了半天，有個親切的兼職女店員過來教她。說好聽一點是教她，其實基本上幾乎都是店員幫忙弄好的。

那時候好歹也有在旁邊看過，只不過是影印，自己應該也做得到吧。

一步一步接近，最後終於來到那臺機器前。桐子一鼓作氣地把最上面像蓋子的部分掀起來，「喀鏘」一聲，機器發出了比預期中還要大的聲音，把她嚇了一跳。

她想把萬圓大鈔小心地放到玻璃面板上，卻手足無措。

到底該放在哪邊呢？

要靠邊放嗎？還是放在正中間？要放直的還是橫的？

桐子突然覺得似乎有人靠近，趕緊抬起頭。這才發現影印機上方有一個圓形的鏡子，是一個可以看見整間店狀況的廣角鏡。從上面可以看到那個可能是店長的男子正經過冰箱前的通道，往這邊走來。桐子慌慌張張地把鈔票收回包包裡。

只見他慢慢地在店裡踱了一圈之後，走進後方的倉儲空間。途中，感覺好像有往桐子這邊看了一下。當下桐子只能假裝在看影印機的液晶螢幕。不過，要是看起來太專心研究，可能會被關心：「請問您要使用什麼服務？需要幫忙嗎？」所以桐子煞費苦心地演出了有在看又沒那麼專心看的樣子。男子從桐子後方經過的時候，她感覺背後寒毛直豎，都起雞皮疙瘩了。好不容易等他走過去，還好他好像什麼也沒有發現。

確認他走進裡面後，又從包包裡重新拿出那張萬圓鈔票。四下張望之後，把鈔票放到玻璃面板上。總之，先試著對齊邊邊橫著放了。如果沒放對，再重來一次就好了。

不，只是為了要被逮捕而已，影印一張就很夠了，就算失敗了也沒有關係。

那自己到底為什麼會這麼在意結果呢，桐子一想到這裡，就覺得心情複雜。

無論如何，她把鈔票工整地對齊了邊邊放好，然後蓋上蓋子，盯著液晶顯示器。

首先要選擇彩色影印還是黑白影印，再選擇紙張尺寸（她選了最小的B五規格），然後選擇雙面影印。沒想到全彩雙面影印竟然要花上一百圓。

「怎麼這麼貴啊……」

桐子不假思索地小聲喃喃道，拿出零錢包，往影印機裡投了個一百圓硬幣。

目前為止都沒遇到什麼大問題。接下來就只需要按下影印的按鈕了。桐子輕輕把手指貼到那個寫著「啟動」的四方形按鍵上，卻遲遲沒有勇氣按下去。

只要按下去就可以了。只要按一下就可以開始影印。然後，我就會變成現行犯了。明知如此，手指卻使不上力。

好幾次都已經伸出了手指，結果又「唉……」的嘆口氣，把手縮了回來。然後，又把手放回去。結果還是沒辦法按下去，又嘆了一口氣……

「不好意思！」旁邊有人對自己說話，桐子嚇了一大跳回過頭。

有個大概是大學生的年輕男子站在一旁。

「不好意思。請問妳有要影印嗎？還是沒有？如果妳印好了，那我要用……」

他一手拿著筆記，看起來可能是跟哪個朋友之類的借筆記來印。

不知道是不是很急，他的身體微微地晃動著。

「如果妳不知道怎麼印的話，要不要我教妳？」

「啊，那個，呃……」

「不好意思。不然的話，可以先讓我用一下嗎？我印一張而已，馬上就好了。」

「唉呀、唉呀。」

現在真是不知道該怎麼辦。如果就直接按下按鈕，讓他看見雙面影印的鈔票，他又會怎麼做呢？

「那個，我……」

他一臉狐疑地看著桐子。看到桐子這樣只顧著慌張焦急，他可能會覺得她有點癡呆了也說不定。

「就一下，可以吧？」

他一步向前，靠了過來，直接就要把手搭上影印機的上蓋。

「啊，不可以！」

「我很快啦！」

「啊，你先等一下！」就在此時，從他對面的方向傳來一個年輕女子的聲音。「沒關係。讓我來吧。」

是那個收銀檯的女店員。她以隔開桐子跟大學生的氣勢向前一站，背對著他們打開影印機的上蓋，伸手蓋住了桐子的一萬圓紙鈔，一把揉進掌心裡，塞進自己的口袋。

「啊。」

「你請用。」她對大學生說道。

可能是因為這個女生長得滿漂亮的，又滿臉笑意地看著他，他也顯得有點慌張。

「啊，謝謝。」

雖然他道了謝，女店員卻完全沒有多看他一眼，抓住了桐子的手臂。

「婆婆，妳這樣不對啦。跟我來跟我來。」

然後，就這樣抓著桐子的手，把她往自動門的方向拉去。

「榎本同學，」中年男子從裡面走出來，從後面叫住她們。「怎麼了嗎？」

「店長，沒事啦！是我認識的婆婆。」

欸，認識的人？她說的話完全出乎意料，桐子完全沒想到事情會這樣發展。女店員帶著還沒反應過來的桐子，走出了便利商店。

「這樣不可以啦。」一走到店長跟大學生看不到他們的地方，她就放開了桐子，這樣說道。

「不行喔。就算用影印機印錢出來也沒辦法用喔，這位婆婆。」

被稱為榎本的女子從口袋裡拿出一萬圓交還給桐子。她胸前的名牌確實用圓圓的字體寫上了「榎本」的片假名讀音。

「影印機雖然很高科技，但如果拿它來印鈔票的話，馬上就會被看出來了啦。要是妳用假鈔被發現的話，我們這邊就非得叫警察來一趟不可了喔。」榎本用著告誡的口吻好心地對她說。「知道了嗎？婆婆。」

看樣子，她好像完全把桐子當作一個想影印鈔票來用、已經老糊塗的可憐老女人。

「不是，不是這樣的。」

「妳說不是的意思是？」

「我是想被逮捕啦。想被抓進監獄坐牢啦。」

認真？她盯著桐子的臉，桐子對她點了點頭。

「雪菜啊～」便利商店的店長站在自動門那邊叫喚著。「如果是妳家人來找妳的話，那妳可以直接下班沒關係喔。反正小張也來交班了。」

被叫做雪菜的女子瞄了一眼手錶。才三點五十分。

「賺到啦～」

她對桐子綻開笑容。

「那，就拜託妳演一下我的家人囉？」

「那個店長啊，平常老是拖拖拉拉地不讓人下班。所以如果遇到像剛剛那種他心情好的時候，當然要趁機會趕快走人啦。」所以讓我送妳回去吧，雪菜這麼說著，和桐子一起啟程離開。她一邊走著，一邊噠噠噠的在手機上打字，看樣子目前應該是個高中生。

「妳叫什麼名字？」她繼續看著手機問道。

「啊，我叫桐子。一橋桐子。」

「唔——妳的名字聽起來好正經啊。」

「這樣嗎……啊那個，真不好意思啊，還讓妳送我回家。」

「從妳一進來我就覺得怪怪的了。」雪菜小聲說道。「就，感覺妳一直東看西看，還一直動不動就往我這邊偷瞄。」

聽起來，自己的行為舉止看起來十分可疑啊。如果接下來還要犯罪，可得把這個部分改過來才行呢，桐子反省著。

「可是妳說想進監獄坐牢，是怎麼一回事啊？」

桐子邊走著邊娓娓說明。

她把摯友過世的事、和摯友約定好要活下去的事、世上已經沒有任何一個親近的人，還有存款也見底了這些事都說了一遍。

只要進監獄，不論是住處還是食物都有人準備好，好像也可以工作，假如生病了，聽說還可以看醫生。不只這樣，如果生活不能自理的話，還會有人看護。

「原來是這樣喔。」雪菜「呼～」的吁了一口氣。

「好像有點明白了，我懂妳心情。」她微微皺起眉點頭道。

桐子根本沒有想過會得到年輕人的認同。而且看她的表情，就好像小小孩想要裝大人的那種樣子，桐子不禁笑了出來。

「妳很過分欸，笑什麼啦。」

「因為，妳的人生可是正要開始光輝燦爛耶，說那什麼話嘛。」

「你們這些大人，真的是都一定會講這種話欸。」雪菜嘆了一口氣。「還這麼年輕說那什麼話嘛、妳還很年輕什麼事都難不倒妳呀、真羨慕妳還年輕～」

「唉呀呀。可是，也是真的很羨慕沒錯啦。」

「可是我們的未來，根本就一片灰暗吧。之後人口只會越來越少，而且日本也越來越窮，這些大家明明都心知肚明，卻完全沒有想辦法解決。還有日本的負債已經高達千兆以上，卻還在不斷增加。如果我是一個真的有在認真為國家未來著想的政治人物，什麼都不能做也什麼都做不到的話，我根本就會去自殺。是說，反過來想的話，還沒去自殺的政治人物是不是一點也不可信？因為那就表示他們根本沒在認真思考嘛。老年人口也是逐年增加，再這樣下去花在老人年金的預算會變得多高……啊，抱歉。」

聽著雪菜說話的桐子彷彿成為大人的代表，雪菜因此感到抱歉似的欠了欠身。

「我沒有在責怪桐子婆婆啦。」

「沒事，妳沒說錯，正是妳說的那樣。」

「欸不是，我真的沒有怪妳啦。」

「可是啊，問題是也不得不活下去啊，直到生命的終點為止。」桐子只是小小聲地自言自語，卻被雪菜聽見了。

「也是呢。」

「也不知是幸還是不幸，我現在除了腰偶爾會痛之外，倒是沒什麼其他毛病。可能是因為還有在做打掃的工作吧，身體也還算硬朗，抽血檢查什麼的也每次都很正常。我還真的有點擔心，到底要到什麼時候才有辦法死掉啊。」

「所以，桐子婆婆就想進去坐牢，對自己的晚年負責這樣嗎？很不簡單耶。」

「那，雪菜同學，妳如果有想到什麼不錯的犯罪的話，還請妳告訴我。」

「我來想想看。好像滿好玩的。」

兩人回到了公寓前。

「我住在這邊。」

「很可愛的公寓欸。」

可愛，至今為止還真沒想過會被這樣形容。可是，被年輕的女孩子這樣說，也不會覺得哪裡不好。

「哪有，住在這裡的人也是五花八門的，說實在，還挺不容易的呢。」

「這裡要多少啊？」

「妳說租金嗎？兩萬八千日圓。」

「欸，我可以進去看一下嗎？」

「咦？」

雪菜那雙從高中制服短裙底下伸出來的細長雙腿，有點靦腆地在地面的沙土上畫著圈。

「等我上大學，想靠自己出去外面租屋，獨立生活。有點想先看一下這種公寓大概長怎樣。」

一瞬間，桐子想起之前把別人帶回家裡，結果錢就被偷了的事情。但是現在，家裡不論是現金還是存款，都已經什麼也沒有了。

「好啊，雖然家裡什麼也沒有，但進來喝杯茶還是沒問題的。」

雪菜進了房之後就一副很稀奇的樣子到處東看西看了一圈。桐子邀她坐到暖被桌，倒也老實不客氣地坐了進去。

桐子泡了茶，看了看冰箱還有沒有什麼可以拿出來的，結果發現有地瓜。個頭這麼大的地瓜兩個才一百圓。雖然直接放進微波爐微波一下就能吃了，但好像少了一點感覺。桐子迅速地把地瓜切成一公分大小的丁狀，撒上小麥粉和砂糖，捏成杯子蛋糕的形狀之後放進蒸鍋蒸。

桐子把地瓜做成了東海地方的點心「鬼饅頭」。雖然還是很樸素的東西，但做起來簡單，花的時間也比把整顆地瓜放進去蒸來得短。

「雪菜同學要去上東京的大學嗎？」

「嗯，我想說總而言之，就先上個日本的大學，然後想辦法出國留學，我打算逃離日本。」

「唉呀唉呀，逃離日本啊。」

「對。」

零零碎碎地聊著這類的話題，聊著聊著，鬼饅頭也蒸好了，桐子把點心裝進盤子端出來。

「就只有這點小東西。要小心燙喔。」

雪菜也老實不客氣地伸出手，把點心塞進嘴裡之後睜大眼睛。

「好好吃喔。我第一次吃到這麼好吃的東西欸！」

這麼率直的稱讚讓桐子好開心。

「我才是第一次被人家這樣說呢。」

鬼饅頭是知子的婆婆教她做的點心。桐子一不小心就把自己和知子的生活，還有她之前過得很辛苦等等的事情也告訴了雪菜。

「其實啊，」雪菜開口道。「我剛剛跟妳說想看看公寓裡面長怎樣也不是騙人的，但其實，我今天實在沒有地方去。」

「咦？」

「就算回家也沒有人在，本來打算去找朋友的，可是剛剛用 LINE 聯絡她，她說她剛好有事的樣子。」

「是這樣啊。」

「我爸跟我媽兩個都還在工作，啊他們兩個喔，也是一言難盡。」我沒有很想待在家裡啦。雪菜小聲地說。

「桐子婆婆，要不要跟我加個 LINE？我如果又無處可去的時候，還可以再過來嗎？」

「是可以啦，可是要我沒有去做清潔打工的時候啊。我通常都是上早班，下午就比較常在家。」

「嗯。」

桐子讓雪菜教她怎麼操作，兩人把手機靠在一起，互相加了對方的ID。

結果，雪菜待到六點多，一起看了傍晚的時事節目，還吃了桐子做的飯糰才回去。桐子看她這樣毫無防備，總覺得好像怪危險的。

「是我也就算了，可是妳以後可不能像這樣隨便跟著別人回家呀。」桐子不禁這樣提醒她。雪菜笑了。

人這種生物，每個人都有各自不同的孤獨之處啊，桐子這麼想著，目送對方離去。不過，一想到雪菜有可能還會再來拜訪，就覺得心裡好像點燃了一片光明。但是，同時也想著，她也有可能再也不會來了。人家畢竟是年輕人，也有很多其他朋友，一定很快就會忘了自己吧。

假設雪菜從此以後就沒有再過來，也沒什麼好失望的，桐子心想。還是不要抱太大的期待，人生就應該不期不待地活下去。桐子一邊思考，一邊繼續看著電視上的時事節目，不小心在暖被桌旁睡著了。

第三章　錢莊

鏘鏘、喀啦喀啦、鏘、喀啦喀啦。唰啦唰啦、唰啦、唰啦。

說實在的，桐子並不喜歡這個場所。聲音實在是大得要命，而且大家都抽菸抽個不停。來這裡工作會吸進超大量的二手菸，連頭髮都會染上菸草的臭味，平時去一般的辦公室吸菸區打掃根本無法相提並論。

也不是說討厭賭博之類的，或者是對來這邊的人帶有偏見。就只是，覺得有點棘手而已。

平常桐子都會拜託社長：「就只有小鋼珠店，我實在沒辦法。」可是，平時負責清掃那邊、被大家稱為「阿健」的六十多歲老人（桐子不太確定那究竟是暱稱還是本名）今天剛好得了流感，沒辦法來上班，所以清潔公司的社長在電話裡誠懇地拜託桐子：「拜託啦，我只能拜託一橋妳了。」然後他調整了班表，稍微縮短了辦公大樓的清掃時間，變成下午三點到六點，小鋼珠店則是排在上午十點到下午兩點，桐子變成每天都必須去那邊，工作量多了一倍。能拿到的薪水也會多一倍。

——都這把年紀了，有時候也得做一些自己不喜歡的工作啊……

桐子自己也意識到，自己心裡就是有這種沒骨氣的地方。她在心底偷偷期待著，像這樣做一些別人拜託的事情，之後情況應該會越來越好吧。

另一方面，聽到人家說「我只能拜託妳了」這種話，也是滿受用的。反正也有錢拿，而且被別人需要果然還是一件很令人開心的事。話雖如此，這裡的噪音還是讓桐子感到頭痛，太難受了。以前曾聽說上了年紀以後，耳朵會變得遲鈍，也比較能忍受巨大或高頻的聲音，但是看來桐子還沒辦法習慣這件事。這簡直不能被歸類為噪音，比噪音更上一層樓。

小鋼珠店的廁所倒沒有像一般大家想像的那麼髒。一方面店員也算滿勤快地在巡視，再說主要都是男用的小便斗，所以清掃起來並不特別費時。只是，清理機檯旁邊的小菸灰缸必須很有技巧，不然清的時候偶爾會不小心撞到客人的手，就會被「嘖」一聲。

——阿健也真厲害啊，每天都來這種地方。

聽說他本身就很愛打小鋼珠，所以這裡的噪音和味道，他不只是毫不在意，不如說他非常樂在其中。阿健不只每天來這裡工作，就連每週一天的休假日，也會從一早就來這邊打小鋼珠。聽說他也很高興能跟店員們打好關係。不過他也說，畢竟現在經濟不景氣，也沒辦法從店員那裡探聽出哪臺比較容易中獎。

——賭博這種事真的有那麼好玩嗎？

不過話又說回來，令人意外的是，小鋼珠店裡的人際往來也沒有想像中的那麼糟糕。在辦公大樓工作的時候，有時還會遇到傲慢得令人訝異的中年員工。可是，這邊的員工都很年輕，對待桐子也很客氣。客人當中也會遇到有人出聲說句「阿婆，謝啦」之類的，或者是把小鋼珠中獎兌換來的巧克力送給桐子當作小費。

店內的一角，有個用玻璃門隔出來的點心飲食區。可以買到蕎麥麵、烏龍麵、章魚燒、炒麵等等各種微波食品，還有免費提供咖啡、紅茶之類的軟性飲料。飲食區內簡單擺了幾張桌椅，桐子也負責這一區的清潔。這邊的隔音還算不錯。

「咦，是生面孔欸。不是平常來的那個人欸。」一個看起來超過六十歲、身材微胖的女人過來搭話。

她滑著手機，一手拿著裝了免費綠茶的紙杯。穿著薄羽絨外套和短褲。外套底下的是一件精緻的毛衣，上頭繡著含苞待放的藍色玫瑰。雖然眉頭下垂，但看起來有著一副溫和的長相。

「我是說，之前都是那個有點帥的那個……」

「妳是說阿健嗎？」

咦，那個人，原來有那麼帥嗎，桐子這麼想著一邊回應道。一直以來她都沒有用那種眼光看他。不過他的身高大概有一百七十五，以那一輩來說確實是滿高的，也沒有啤酒肚。一頭斑白的頭髮總是剪得很短，看起來乾淨清爽。每個人口味不同，會被說帥好像也是可以理解。

「對，他怎麼了嗎？」

「他得了流感。」

「唉呦。好可憐。今年的流感聽說不是腸胃會很慘嗎。」

「是這樣喔？好可怕啊。」

「上了年紀，如果小看流感的話可是會沒命的吶。」

「就是說啊。」

桐子就這樣站在一旁和她聊了起來。

「妳不打小鋼珠的嗎？」

「我沒有打過耶。」

「那，這裡這麼吵妳受得了喔？」

「嗯。」

雖然說是被派遣來工作的，但畢竟對方是這裡的顧客。桐子也沒辦法對小鋼珠做什麼負面評論，只能曖昧地笑一笑。

「一旦妳會打了之後，就完全不會在意那些噪音了喔。」

「這樣子嗎！」

「以前啊，我老公還沒過世時，會帶我來這裡，我也覺得吵到嚇死人了。不過現在反而覺得這種聲音真不錯呢。」

「原來是這麼一回事啊。」桐子感覺對這種噪音的困惑消失了一點。

「自己一個人在家也是無可奈何，所以沒工作的時候就到這裡來，打打小鋼珠或是在這裡喝茶。」

「您是做什麼工作的呢？」

「做看護啦，看護。都這把年紀了也只能做這種工作了妳說是吧。早班下班之後，我就會換個衣服過來這裡。」

「做看護也是非常辛苦呢！」

聊到這邊，她才突然略帶請求地抬起眼問道：「欸欸，那個叫做阿健的，我之前是聽說他單身啦，他有女朋友還是什麼的嗎？」

搞不好她其實就是想問這件事才和桐子搭話的。

「這個嘛，我也不知道耶。我跟他沒怎麼說過話。」

「是喔。」她毫不掩飾地垂下了肩膀。

「目前他還在請假，所以沒辦法問他本人，但如果有跟公司的人聊到，我再幫妳問問看吧。」

「真的嗎？謝謝妳呀。我叫美知枝，我的名字。」

「我叫一橋，一橋桐子。」

兩人道別的時候，她對桐子說：「如果妳哪天想玩玩看小鋼珠的話，要跟我說喔，我來教妳玩。」

我應該還是先不用，桐子心裡想著，一邊擦拭她剛才用過的桌子。

——就算她說，可以變得完全不在乎這裡的噪音，但光是為了這個目的，根本就不足以構成輕易碰小鋼珠的理由嘛。

桐子回想起之前那個專門處理偷竊的律子說過這樣的話：「偷竊就是一種賭博，一旦感受過一次那種快感，就難以抽身了。」

──小鋼珠則是貨真價實的賭博啊。好可怕，好可怕。

小鋼珠店的入口旁邊停放著長長一排輪椅，起初讓桐子感到很吃驚，到現在已經是見怪不怪的光景了。

不知道是家人帶他們來的，還是看護帶他們來的，又或者是自己推著輪子到這裡來的呢？一早，桐子到這裡來的時候，就已經有好幾臺輪椅停在那邊了。

這些人，只要一坐上小鋼珠機臺前配置的椅子，看起來就跟其他的客人沒兩樣。

──不管是看護的人還是被看護的人，都一樣，都會來這裡呢，大家都一樣。

桐子發現感嘆這種情況也是無濟於事。

忍受著巨大的噪音完成工作，又到辦公大樓去打掃了一圈，結果後背疼得嘎吱作響。桐子拖著身子回到家。

她小小聲地「嘿喲、嘿喲！」爬上了公寓的樓梯，終於看見自己的房門時，突然看到門把上掛了一個超市的塑膠袋。從袋子裡伸出來的枝枒看起來很眼熟。桐子連忙驅策著沉重的身體，小跑步靠近。打開袋子的手在發抖。

「唉喲！」

那是一盆紫丁香的盆栽。果然。雖然是直覺，但桐子深深記得那些枝幹，絕對不會錯。看起來是有人幫忙把之前種在院子裡的紫丁香移植到盆子裡了。

桐子連忙進到屋子裡，連脫鞋都嫌浪費時間，便趕緊拿出了手機。她立刻撥了房屋仲介的電話。

她向電話那頭的相田詢問這件事的原委。

「這盆紫丁香樹，該不會是你帶過來給我的吧？」

「不是，不是我拿去的。我想有可能是房東本人拿去的喔。她有時候好像會到公寓去巡一下、看一下，可能就是那時候拿過去放的吧。」

他說得沒錯，整理那個庭院時，把拔起來的東西重新移植到盆裡，能做到這件事的，確實只有那位戴著眼鏡的房東，門野小姐了。

「我下次幫妳問問看。」

「這樣啊。如果是房東的話，請幫我好好謝謝她。我真的很高興。」

「好的。」

桐子掛上電話，再一次看著紫丁香盆栽。

雖然不知道被挖出來的時候是什麼狀態，但樹枝的部分被稍微修剪過了。葉子也幾乎都已經掉光了，更不用說花當然是一朵也沒有。如果被別人看到了，大概會覺得就是一株看起來光禿禿的、很可憐的樹吧。

塑膠盆大約是六號大小，房東可能是把手邊多餘的盆子拿來用了吧，看起來並不是新的，上面已經有一點傷痕。不過，已經整理成只要直接放上接水盤，馬上就可以擺在家裡的模樣。這種體貼的心思實在讓人很開心。原來房東可能也是會養植物的人。桐子曾經一時把她當作害自己被迫住進這種荒謬住處的人，還覺得她很可恨，現在瞬間就對她改觀了。

「親愛的，你還活著呀。」桐子把盆栽拿到窗邊，拿玻璃杯澆水時，忍不住對它說道。

「要是可以再住到有院子的家就好了呢。那樣的話，就可以再把你種起來了……」

對於紫丁香來到這個又窄又冷的公寓裡，她覺得好心疼。可是，她剛剛說的，根本就是比作夢還不切實際的事。

自己根本就不可能再有機會住什麼有庭院的房子了啊……

想到這裡，桐子嚇了一跳。自己明明是想要進監獄坐牢，心裡卻還想著要住在有庭院的房子……想來說不定是身邊有了活著的生物之後，思考方式就會突然變得正向起來。

——因為身上有了責任啊。必須照顧這孩子的責任。

雖然，現在的自己可能根本連照顧這棵植物的資格都沒有也不一定。

——要說誰該來照顧它的話，果然還是只有我才能做到吧。因為其他人不管是誰，看了都只會覺得它是一棵光禿禿的樹啊。

自己進了監獄之後，這棵樹又該怎麼辦呢？不知道房東小姐會不會願意接受它。如果把它種在這棟公寓的某個角落，不知道她會不會生氣。

這一天，桐子想著這些事，睡得好沉。

隔天，桐子前往小鋼珠遊樂場。

不知道是不是因為前一天稍微和客人聊上了幾句，總覺得稍微對這個地方產生了親切感。那是因為，雖然巨大的噪音一如往常，但桐子現在知道了這個聲音也是被人需要著。

——儘管是在這樣的地方，但是，想和別人待在一起，想要聽見聲音、看到亮光的這些感受，也許每個人都是一樣的吧。

來這裡已經第三天了，會和她打個招呼或點個頭的客人也變多了。

「大姊，嘿，這給妳。」

桐子正準備清理菸灰缸，卻接過了一盒遞過來的巧克力，昨天這個男人也給了她同樣的巧克力。

「唉呀呀，真的嗎？」桐子不太好意思地伸出手。

結果坐在旁邊的男人淡淡地斥責道：「你這傢伙，又在那邊當凱子。」

桐子嚇了一跳，收回了手。

「啊，抱歉抱歉，我不是在說妳啦。是這傢伙不對。」剛剛罵人的男子笑著對桐子道歉。

他們兩人總是坐在店裡最邊邊的一圓機臺那裡一起打小鋼珠，看起來關係很好。年紀大概和桐子差不多或稍微小一點。

「反正是用多出來的點數換的嘛。又沒關係。」被罵的那個男人抬起視線，求情似的看著對方。

總覺得是自己的錯，桐子感到無地自容。

「不是大姊妳的錯喔。只是那個，我借他錢，他還沒還啦。」他把拇指和食指比成一個圓圈。「所以我才想管一下他啦，抱歉啊。」

「妳拿著吧。」

在兩人你一言我一語之下，桐子誠惶誠恐地把巧克力放進口袋。

「真是謝謝你們。」桐子道了謝便離開了。

「你就是這副德性，你看都嚇到人家大姊了啦。」

「還真是歹勢吶。」

背後傳來兩人有一句沒一句、慵懶悠閒的對話。

過沒多久，桐子來到點心區，接著看到剛才的兩人，果然感情很好地在香菸販賣機前一起喝著咖啡。

「剛剛真抱歉啊。」剛才拿巧克力給桐子的男人再次輕鬆地對她開口。

「都是這傢伙的錯啦。」剛才罵人的男人用拇指戳了戳對方，笑了。

看來他們的關係，絕對沒有像嘴上說的那麼壞。該不會其實是兄弟？

「怎麼可能啊，有這種弟弟我一定會被煩死。」

一問之下，兩人都拚命否定的樣子實在很滑稽，桐子忍不住笑了出來。

「真的，我們連姓也不一樣啦。我姓秋葉，啊他是戶村。」

「那就是好朋友囉？」桐子這麼說。

兩人面面相覷。

「算是朋友嗎？我們兩個。」

接著，他們好像莫名被戳到什麼笑點，哇哈哈哈的笑了。

身形纖瘦的秋葉穿著白襯衫，搭配粗花呢外套。戶村身材中等，穿著深藍色的運動服。兩位看起來都是一副典型靠退休金生活的老人模樣。

「我們兩個都屬雞的，大姊妳呢？」好像是在問生肖。

「我屬猴。」

「那是前輩呢。」

「真的要叫姊姊啦。」

兩人愉快地說著。

「那，你們兩個是同學囉？」

「是同年啦，但都不同校就是了。」

「是來這邊才變成朋友的嗎？」

兩人又再次看了看對方。然後，叫戶村的那位稍微點了點頭，說道：「實際上，就像我們剛才說的，我跟這個人借了錢。」他指著秋葉。

「借錢，然後就變成好朋友了？」桐子問，這次換秋葉向她解釋。

「與其說是跟我借錢，應該說是跟我的公司借啦。」

「公司？」

「地下錢莊啦。」

桐子也知道這個詞的意思。就是進行地下借貸的地方，獲取非法的暴利，黑社會那類分子在經營的高利貸公司。

說著這麼可怕的話，實在無法和兩人那副悠閒懶散的樣子聯想在一起。

「戶村目前稍微借了一點高利貸，每到發老人年金的日子就會一點一點慢慢還錢。不過啊，因為借的金額又不大，公司要如果一一跟他們討也是很麻煩嘛，對不對？所以就由我這種年紀差不多的老人來負責，在老人年金的撥款日去跟老人們收錢，再一起拿回去。」

「咦，是這樣啊。」

「所以固定會見面嘛，結果就漸漸覺得跟這個戶村還滿聊得來的，後來就變成都會一起來打小鋼珠。反正我們兩個都單身啊，而且又很閒。」

「就是這樣子啦。」

「喔～」

討債集團跟欠債的人，原來也會有這樣的朋友關係啊。桐子不禁感到驚奇。

「其實啊，我以前也是跟地下錢莊借錢的人啦。」秋葉壓低了聲音。「但我馬上就全部還清了，結果被誇了一番，後來就這樣被地下錢莊吸收了。現在負責收錢，我還可以抽百分之五，當作小賺一些零用錢啦。」

「讓同樣是老人的人去回收款項，想得也是滿周到的耶。」桐子覺得有點佩服。

的確，老人有的是時間，儘管只拿一點點酬勞，也會很開心地幫忙吧。

「可是我的零用錢，還不是又會被戶村給借去。根本一點意義也沒有嘛。」

兩人齊聲笑了出來。

「大姊妳如果需要借錢的話直接跟我說嘿，我給妳聯絡方式。」秋葉真的拿出了名片，遞給桐子，名片上也好好地寫著公司的名稱跟地址。

「妳在小鋼珠店裡如果有遇到缺錢的人啊，可以介紹他來找我喔。我會很感謝妳的啦。」

「欸，這樣喔。不過，我也不會一直在小鋼珠店這邊工作啦。我只是來代阿健的班而已。」

「在別的地方當然也可以幫我宣傳啦。妳看，像我們這樣，女人一看到都會覺得很可怕，躲得遠遠的嘛。那妳想啊，如果是大姊妳來的話，搞不好可以幹得很順利呢。說是高利貸，利息也還在法律範圍內啦，就把它想成大型的現金借貸那樣就好了。」

幫地下錢莊做事。

雖然還沒有完全搞懂，但是如果去幫忙的話，搞不好在某個環節就能和犯罪搭上邊了呢。這樣一想，桐子突然變得興致勃勃。

不知道會牽扯上什麼樣的罪呢。無論如何，都是「地下」嘛。如果跟犯罪一點關係都沒有，根本就不會說是「地下」了吧。

「欸，那個啊，我是說……嗯……那算是做壞事嗎？不會被警察逮捕之類的嗎？」桐子看著名片，戰戰兢兢地問道。

「妳說犯罪嗎？」

兩人又互相對望了一眼。這副模樣看起來真的就像是親兄弟一樣。

「對啊，是嗎？這算是犯罪嗎？」

「唉，這個我們也不清楚啦，但我是覺得也沒有那麼壞啦。就只是在別人有困難的時候借錢給他，對方也只要用老人年金來還就好啦。畢竟老人要去銀行借錢反而還借不到哩。算是熱心助人啦。啊，不過……」秋葉的表情認真起來。「大哥有跟我們說，收錢的時候不可以太強人所難喔，他是這樣說的。比方說不可以去人家上班的地方啦，也不可以深夜跑到人家家裡去之類的。他說，那樣的話可就會犯罪了。」

「原來如此。」

看來說不定可以針對這點好好了解一下。順利的話，搞不好可以犯個罪然後被抓去關。

「你們大哥是誰？」

「經營地下錢莊的老闆啊。現在是已經金盆洗手了啦，可是聽說以前好像是這個。」秋葉用手在臉上比劃了一個刀疤的樣子。應該是指黑道的意思。

「秋葉，你這樣說，是要把大姊嚇死喔？」戶村連忙說道。

「啊，抱歉。不過，我是不會讓大姊去碰那種事情的。」秋葉看桐子一臉嚴肅低下頭的樣子，擔心她可能誤會了什麼，趕緊安撫地說道。「妳放心妳放心。」

你誤會了，我是想做更危險的事情呢。桐子差點想說出這句話，最後還是吞了回去。

當天結束了工作以後，桐子發現自己的手機難得地跳出了一通未接來電。

等到下班回家、好好坐到暖被桌裡，她才回覆那通電話。桐子和雪菜那樣的現代年輕人是不同世代的，沒有辦法一邊走路或是站在原地講電話。萬一因此而跌倒摔跤，才會出大問題。

電話的那一頭，是俳句社的管理人之一，友岡明子。

「俳句社」的前身是隸屬於市公所文化中心所舉辦的「俳句教室」。後來因為削減了預算，加上沒什麼人報名，就停辦了，於是珍惜這個緣分的成員們便自發性組成了現在這個社團。當時創立的成員們擔起了管理人的角色，但因為大家都是已超過八十歲的高齡，所以有時也會編入新的管理人。

明子六十二歲，相較之下算是「年輕人」，平時在一群人當中，並不是愛管閒事的個性。不過，她那既認真又機靈的個性受到了認可，從去年開始成為了管理人的一員。

「喂，妳好，我是那個，一橋桐子。不好意思，妳剛才好像有打電話給我，我當時正在工作沒接到……請問現在方便說話嗎？」

「啊，是一橋啊，我才不好意思，明明是我自己的事情，還打電話打擾妳。沒問題。我現在可以講電話。我在家裡。」

「妳現在在吃飯嗎？」

「我剛吃飽。」

從遠處傳來電視的聲音。應該是還有其他家人在家。桐子沒什麼和對方聊過天，她疑惑著友岡是孤身一人呢，還是結了婚呢。六十多歲和孩子一起住也不是什麼太稀奇的事。

「喔喔，滿早吃的耶。友岡小姐妳的孩子也在家裡是嗎？」

「沒有，我家沒有小孩耶。我丈夫退休後雖然還是照樣去上班，但已經過了打拚的時代，現在都準時回家，所以，晚餐就比較早吃。」

「啊，可以一起吃飯真不錯呢。」

「沒有的事。我反而還變得比以前更忙了呢。」她的聲音裡透著溫暖、帶著笑意。

她一定過著很充實很滿足的生活吧，桐子有點羨慕地猜想。

雖然對方比自己還要年輕許多，但距離上一次和這樣沉穩的老年女性說話，好像已經是很久以前的事情了，總覺得令人感慨。雖然心裡想著，如果可以像這樣繼續閒話家常的話該有多好啊，但是自己和明子的交情並沒有到那麼親近，至今為止根本也沒說過幾次話。在俳句社，桐子也總是和知子一起行動，所以和其他成員其實沒怎麼認真聊過。

再這樣悠閒地東拉西扯下去就沒機會切入重點了，對方還有老公在家呢，桐子回到正題：「真不好意思在妳先生在家的時候打擾了。請問妳打給我是要說什麼事呢……」

「我才不好意思。嗯，因為最近啊，都沒有在俳句社遇到一橋呢……是想說，前陣子宮崎小姐過世了，我們也知道妳應該會很寂寞……不過，我們這邊不只少了宮崎，連一橋妳也沒再來了，一下子就少了兩個人……該怎麼說呢，總覺得，忽然變得好冷清……我的意思是說，如果可以的話，還是希望妳可以再過來，這樣子。」

明子話都還沒說完，桐子的眼淚又湧了上來。

「一橋沒有來，我們也都很寂寞呀……我知道，也許妳暫時還沒有心情回來參加社團，但是，真的很希望妳可以再過來露露臉，所以打了電話給妳，我也知道這樣很厚臉皮。」

「謝謝妳。」桐子道了謝，卻好一陣子都說不出話來。電話的那一端，明子靜靜地等她。

「謝謝妳呀。聽到妳這樣跟我說，我真的是很開心。知子……宮崎她過世了之後，我一時忙著處理各種事情……」桐子努力壓住顫抖的聲音，一字一句地組織自己的話語。

「嗯嗯，嗯嗯，我明白的。」明子雖然在電話的另一頭，但可能察覺了桐子的狀態，便適時地溫柔回應。

「所以我一直沒時間過去參與。而且也搬家了。」

「啊，妳搬家了是嗎。一定很辛苦吧。」

「是啊。而且，之前都是跟宮崎一起寫俳句的，現在沒有人可以陪我一起了，連俳句也變得沒什麼心情寫。」

「我懂妳的意思。可是，我想一橋妳也知道的吧，我們這個俳句社啊，就算沒有寫出俳句作品也完全可以來參加啊。妳就當轉換一下心情，過來看看的話怎麼樣呢？」

「妳說得對，我整天都待在家，就只有去工作的時候才出門，是該多出門走走。」

「下個月的題目是：燕、木蘭、薄冰。」

「唉呀，真是好題目。」

「因為正是初春時分嘛，就想說不要出太難的題目，開開心心地寫一些跟動物啊、植物之類合乎季節的事物有關的作品吧，大家是這麼想的。」

題目是在每次聚會最後，大家一起討論決定的。先收集大家想要的主題，再投票表決。

「我也會努力，試著作一首看看的。」

接著，明子換了個話題。「還有一件事，就是三笠先生啊，最近也沒怎麼來耶，一橋，妳有聽說什麼嗎？」

三笠隆。不好的回憶湧上心頭，桐子瞬間無法回答。

「三笠先生……？」

「是啊。一橋妳們跟三笠先生感情不是也不錯嗎？」

「沒有沒有，哪有那種事。我們沒有啦。我們跟那個人一點關係都沒有啦！」桐子極力否定的程度，連自己聽了都覺得反常。

三笠隆……一副要陪桐子一起哀悼知子的樣子把她約出來，結果帶了年輕女人出現的男人。而且，還因為那個女人，在俳句社發表了毫無羞恥心的作品。

原來如此啊，原來自己一方面也是因為不想看到那個男的和年輕女人搞在一起，才會變得不想去俳句社。

不過，明子都這樣邀約她了，為了這種事情缺席社團活動，反而顯得自己像個傻瓜一樣。

「會不會是因為，嗯，那個嘛，三笠先生，不是和一個年輕女性在一起嗎……」

「嗯嗯，說起來，他之前有帶新的太太一起來過一次嘛。」

原來，那個女人已經變成太太了嗎？誰在乎啊！

「啊，可能還不能稱為太太吧。不過，倒是很明確地宣告過同居了。」

「是吧。所以說，可能就沒有那個心思再去參加俳句社了吧。」

「真的嗎，我是不太確定。可是他之前，有一陣子反而還來得更勤了耶，我還在想說，會不會是娶了新的太太變得積極了呢。結果後來就突然沒來了。其實我也打過電話給三笠先生，可是沒有人接。」

「妳是打他的手機嗎？還是家裡的電話？」

「都有打。三笠先生也搬家了，所以電話也有換過，所以我兩個都有打打看。」

聽著三笠的名字，突然，火大的感覺稍微有一絲變成了擔心。連家裡的電話都沒人接……明明那個女人也在家才對，到底是怎麼一回事。

「會不會是生病了之類的呢……我想說問問看一橋妳知不知道什麼詳細情況。」

「不不，我真的什麼也不知道。」

「如果妳有什麼消息的話，可以跟我說嗎？」

明子把三笠隆新家的電話號碼和地址告訴了桐子。桐子發現他家離自己並不遠。

之後她們小聊了一下，結束了通話。

隔天早上，桐子再度來到小鋼珠遊樂場。

走過深處的工作人員出入口，和已經認得出面孔的警衛互相問候，還使用了更衣室的一角，感覺這個地方也稍稍產生了一點令人眷戀的親切感。

聽清潔公司的社長說，那個阿健的流感好像康復得不錯，吃了藥之後已經沒有發燒了。如果順利的話，應該下個禮拜就可以上班了。

——不管是什麼樣的地方，連續去三天都能成故鄉啊。但也實在沒辦法習慣這些聲音就是了。話又說回來，這邊果然還是讓阿健那種本身就喜歡小鋼珠的人來更好。

首先是全店巡一圈，把菸灰缸裡的菸蒂集中起來。這種時候也會有客人開口道聲「早安」。今天，秋葉和戶村那對雙人組還沒有來。

不常中獎的客人會顯得很煩躁地抖腳，一邊把千圓大鈔一張接著一張塞進機臺裡。這種時候就連清個菸灰缸都要特別小心。如果不小心碰到對方的手，就有可能惹怒他。要看準他投完一張千圓鈔票的時機，才能伸出手。

——像那樣不停地把千圓大鈔塞進去……這樣一來不管有多少錢都不夠用吧。搞不好，在這邊做借貸真的有賺頭。

來到點心區，今天美知枝也來了。她今天穿著百合圖樣的毛衣。這幾次看下來，她可能是一個喜歡花朵圖案的人。

「早安。」桐子和她打了招呼，她停下了滑手機的手，微微笑了。

桐子說道：「那個，妳上次不是想問阿健的事情嗎？」

關於阿健的事，桐子今天早上跟社長說話的時候若無其事地問起：「阿健一個人在跟流感奮鬥嗎，一定很辛苦吧。」

「啊啊，沒事啦，他沒問題的，妳別看他那個樣子啊，他其實很受歡迎的喔，總之，他身邊應該是有女人啦。」

「他結婚了嗎？」

「沒，好像是沒有到登記結婚啦，但應該是有一起生活。好像是個在居酒屋幫忙的女人，聽說手藝很不錯喔。」

這樣啊，那美知枝就是單戀囉，桐子正這麼想著，還來不及說出口，社長卻誤會了：

「欸？難道說，一橋妳也是阿健的粉絲嗎？」

「不是、不是。」

儘管桐子拚命撇清，對方還是下了一個自己可以接受的結論：「不要緊、不要緊，因為阿健很帥嘛。」

「真的不是那樣啦。」

其實是如此這般如此這般，在小鋼珠的遊樂場遇到了一個他的愛慕者啦。結果最後，桐子把一切都對社長坦白了。反正，小鋼珠店的客人應該也不會遇到自家社長，應該沒有什麼大問題吧。雖然覺得已經解開了社長的誤會，但不知為何，還是得到他一陣奇妙的笑聲：

「嘿、嘿、嘿、嘿，我是都不介意啦。」

「其實我有稍微幫妳問過公司的人了，聽說阿健好像，可能已經有交往對象了。」他已經有一起生活的對象了，這個桐子倒是說不出口。

「什麼嘛，原來有對象了啊。不過也是啦，畢竟那個人那麼帥氣。」美知枝雖然失望得垮下了肩膀，但表情和聲音都還很開朗。或許她也沒有那麼認真在考慮這個人吧。

「不過，又沒有結婚，所以什麼都還沒有確定嘛……」

「沒關係、沒關係。」她開朗地擺了擺手。「比起那個，桐子妳人真好耶。我只是隨口說說的事情，妳還幫我調查，就算是這麼難說出口的事，妳還是告訴我了。」謝謝妳，她微微低下頭。

「不會不會，我反倒還覺得很不好意思呢，沒幫妳帶回好消息。」

「妳的個性真是認真又誠實耶。」

「哪有，沒有像妳說的那麼好啦。」

「不不，在這種地方會遇到各式各樣的人嘛，所以，我特別清楚。妳就是一個正經的好人。」

被她這樣一說，桐子突然有點想問問看她。也許像她這樣對小鋼珠很熟悉的人正是一個不錯的對象。

「那個，我知道這樣說很奇怪，但想問問妳有沒有想過要跟人借錢呢？」

「咦？桐子，妳缺錢嗎？」

「不是，不是。」桐子用力地揮著手否認。「不是啦，是要借錢給別人。我認識一個有在借錢給別人的人，他要我如果有遇到什麼需要借錢的人，就介紹給他。妳覺得怎麼樣呢？只要是用老人年金過日子的人，他們都很樂意借的。」

「唔嗯～」她用手扶著臉頰思考著。「是沒錯啦，在這種地方，或多或少會覺得錢好像不太夠用，身為女人也不太有辦法去融資公司什麼的借錢呢。大家基本上都是用信用卡或是現金卡吧，不過，也有人沒辦法辦信用卡對吧。還有啊，修法之後，沒有收入的家庭主婦也幾乎沒辦法申請貸款了。」

「就是說啊。」

「桐子妳有認識放款的人喔？」

「唉，要說認識……只是對方跟我說，如果遇到有需要借錢的女性要跟他說，這樣而已。也不是說能借多大的金額，但是，可以等到發老人年金的日子再還沒關係。聽說利息也是和大銀行的貸款利率差不多。」

「這樣喔。如果有遇到想借錢的人的話，我會提一下的。」

跟她互相道別、分開了之後，桐子忽然察覺到，像這樣在這種場所平白無故和別人聊借錢的話題，這件事本身會不會其實已經很壞了呢？

但是，不可思議地，機會很快來臨了。

隔天早上，美知枝像在等著桐子來上班一樣。桐子一走進大廳，她就馬上靠了過來。

「桐子，妳昨天說的，是真的嗎？」

「妳說昨天，是哪部分？是說阿健的事情嗎？」

「不是啦，借錢的事情。真的有辦法借嗎？」

「嗯嗯，我是這麼聽說的啦。」

「那，我把我朋友介紹給妳喔。妳等我一下。」

她小跑著離去，鑽進了小鋼珠的機臺之間，接著很快地帶回一個身材嬌小的女性。

「就是這位，她姓石田。」

被稱作石田的女人看著桐子，嚥了口口水。瘦削的臉上有一雙醒目的大眼，手上拿著一個網狀編織的包包，一身樸素，穿著深藍色的上衣搭配褐色的短裙。

這樣沒問題嗎？借錢給這樣的女子……桐子突然有點擔心。

「她之前也是做看護的工作，現在腰受傷了，做不來了，跟丈夫兩個人靠著老人年金過生活。我跟她聊看護工作的話題，聊著聊著就熟起來啦。」

石田在一旁不發一語，只是沉默地點頭。

「有時候，沒錢換小鋼珠的時候啊，她就會說想找人借錢。」

「這樣好嗎？」明明自己才是要借別人錢的一方，但還是不由得擔心了起來。「雖然說利息應該是沒有高到哪裡去，但是，總歸還是算地下錢莊哦。」

「我知道。沒關係。」石田小聲地答道。「其實我家的退休金，算是還滿充裕的……但是我先生管錢管得很緊，每次都不拿給我。我先生身體雖然已經不行了，頭腦倒還清楚得很。他自從身體不好之後，對錢就看得更重了。」

石田說到這裡，嘆了口氣。「我是從伙食費和生活費裡省吃儉用，偷偷存一點錢來打小鋼珠……但是有時候，就會覺得有點不夠用。」

「是這樣啊。」

「到下個月領退休金的時候，就可以混進伙食費那些的一起跟他拿，到時候就有辦法還錢了。」

如果是這樣的話，聽起來還滿適合的。可是，看起來這麼乖巧、像個平凡太太的人，為什麼會來打小鋼珠呢？

「我先生自從開始需要人家照顧……應該說從以前就是個很愛碎念的人了，有時候，我是真的非常受不了，所以就來打小鋼珠紓壓……想來，這大概是我先生最討厭的事了吧。」

她第一次笑了出來。那個微笑，莫名有種小孩子惡作劇的感覺。

「我懂了，不過妳要小心，借太多會有風險喔。」桐子一不小心就說出了像貸款廣告似的臺詞。

「那當然了。」

桐子拿出秋葉給她的名片，試著撥電話過去。

「欸，妳還滿有一手的嘛。」

隔天，桐子把秋葉和石田互相介紹給對方，他們倆好像直接簽了什麼契約。

「才過一天就找到一個這麼有潛力的客戶。之後也要多拜託妳了哦。我也有跟大哥說，他很高興，說這樣就可以拓展新的市場了。」

打掃工作中間休息時，秋葉在小鋼珠店的停車場，把一個信封交給了桐子。

「因為是第一次，所以有多給一點。之後可能不是每次都這麼多，不過還是請妳繼續幫忙啦。」

「可是……那個人真的不要緊嗎？你們真的要好好幫她喔。不要讓她一下子借太多，被債款逼上絕路了喔。」

雖然是自己答應這件事去和她搭話的，但事到如今桐子才開始感到害怕。心裡也有一點後悔。

「一開始只會借幾萬圓啦，而且我聽她說話，感覺像是個正經的好人家太太啊。我們也不會讓她亂來啦。像她那種人，與其用暴力讓她崩潰、逼她就範，還不如把她養成一個可以長期投資的好客人呢。」沒問題的、沒問題的，他拍拍桐子的背。

「先別想那麼多了，都拿到錢了，記得去吃點好吃的喔。」

桐子回到更衣室，偷偷瞄了一眼信封內，看見裡面有五千圓的鈔票。

唉呀！她吃驚得差點大叫出聲。那就表示，如果一個月可以介紹兩、三個客人，不就可以拿到一萬圓以上了嗎？如果每個月的收入可以多個一萬多圓，那可真是幫了大忙。

「咦，所以，小桐婆婆妳也有幫地下錢莊做事喔？」雪菜大口吃著桐子做好的蒸糕，一邊問道。

「我也不知道這樣算有還是沒有。妳覺得呢？」

「地下錢莊有犯很大條的罪嗎？」

「我是沒有很清楚啦，但畢竟是被稱為『地下』的嘛。」桐子講到地下這兩個字的時候加重了語氣，雪菜咯咯地笑了起來。

「只要查一下就知道了嘛。」

「查一下？怎麼查？」

雪菜馬上拿出智慧型手機。

「妳不知道有搜尋功能喔？」

「啊——我有聽說過，可是沒有用過。」

「妳看，像這樣。」雪菜熟練地點了一個畫著時鐘圖示的應用程式。「點開之後，這邊可以輸入文字。」

「妳開的這個，我一直都搞不清楚是做什麼用的，平常根本不會去點它耶。」

「欸～原來老奶奶們都不太會用搜尋功能呀。」

「可是，妳看，它上面不是已經寫一些英文字了嗎？」桐子指著手機，那裡已經顯示著幾個小小的英文字母。

「那個喔，妳看像這樣，妳直接點那個有字的地方它就會變顏色，然後，它寫什麼妳都不用管它。不要理它，用日文把妳想查的詞輸入進去就好了……然後按這個『搜尋』。」

「妳剛剛說不要管它，可是光這點我就做不到啊，我們老人家喔……就是會覺得，如果不管它的話，就整個都會被我弄壞耶。」

不過，最後桐子還是在雪菜的指導下，稍微學會了搜尋。

「那，我如果要查地下錢莊犯的罪……要打什麼下去查啊？」

「應該可以打『地下錢莊刑期』這樣吧？刑期是最重要的沒錯吧。」

「嗯，我來試試。」

搞地下錢莊被抓，罪有多重？桐子看見這樣的標題就點了進去。

雪菜讀出內容：「我看看……經營非法高利貸，可處五年以下徒刑或易科罰金一千萬圓以下。先不說一千萬的話，刑責真是出乎意料地輕耶。而且小桐婆婆妳也不是高利貸的真正經營者啊。」

「還有寫其他的嗎？」

「利率超過法定上限……一定是指利息收得比合法借貸還要高的意思吧，這個也是五年以下徒刑，或易科罰金一千萬……」

「罪好輕！也太輕了吧！那樣的話根本一眨眼就被放出來了。」

「啊，這個的話妳應該可以？夜間或自宅以外地點催款、向不相關之第三人追討等不正當之催款方式……」

「沒錯、沒錯、沒錯！這種我應該有辦法。」

「啊啊——」雪菜發出誇張的吶喊，抱頭煩惱。「超扯，兩年徒刑。罰金三百萬。最重就這樣。」

「什麼嘛～」

「非法討債就是，像那個吧，連續劇還是電影裡演的那種，一邊喊著『快還錢啦！』什麼的，一邊磅磅磅大聲敲門那樣的吧。還有那種，在旁邊埋伏、等放學回家的小孩子經過，威脅他：『回去跟你把拔說叫他快點把錢還來喔！』之類的。」

「應該是喔。」

「做那麼過分的事，竟然也只關兩年啊。」

「啊～啊。」

兩人一起把手肘撐在暖被桌上。

「要犯罪，還真難耶。」

「難道說監獄也是管制得很嚴格，其實不太想讓人家進去嗎～」

「不過話說回來，小桐婆婆妳真的有辦法去討債嗎？」

「唉，我也不知道。」

桐子想像了一下自己在某個便宜的公寓前拚命用力敲門的樣子。

「來妳說一次看看，把錢還來！」

在雪菜的催促之下，桐子從暖被桌裡爬起來。

「喂！那邊的，給我把錢還來唷！」她雙手握拳，盡可能試著展現出一點點壓迫感，雪菜卻大笑了出來。

「哈哈哈哈哈！」

「真是的，果然不行啊。」

「小桐婆婆，如果是妳的話，感覺不適合那種的，我覺得妳搞不好用纏功糾纏人家還比較可行呢。比方說直勾勾地盯著人家，然後說『請你還錢。』」

雪菜抬起無辜的雙眼，說著：「還錢嘛～～」

「拜託，把錢還給我吧。如果沒把那筆錢要回去的話，我……一定會被大哥兇的……」

桐子垂下肩膀、雙手合掌，試著讓自己的聲音聽起來可憐兮兮。

「很棒、很棒，就是這樣！不過，與其說非法討債，總覺得更像幽魂還是女鬼討命呢。」

「好像是耶。但是，說不定這樣反而更能讓人還錢呢。」

「可是，這種方式的話根本就不算是恐嚇啊，搞不好也根本算不上犯罪。」

桐子坐回暖被桌裡。暖被桌上放著雪菜當作伴手禮帶來的橘子。雪菜「咚、咚」兩聲，將橘子放到自己和桐子的面前。

「來吃橘子吧。」

「雪菜啊，妳這樣會不會太晚？」

已經八點多了。桐子開始到小鋼珠店工作之後，有跟雪菜說過，這陣子都要工作到六點，所以沒辦法見面了。但是，當時雪菜回覆她：「還好、還好啦，我爸媽到很晚都不會回來，我打工結束之後還是過去喔。」

「嗯，反正他們大概到十點前都還不會回來。」

「妳父母，兩個都這樣嗎？」

「嗯。差不多從我國中開始就一直都是這樣啊。」她像個孩子般地說著。

「這樣的話……可是我還是會擔心，我送妳回去吧。」

「不用吧？十點左右的話真的還好啊，國中的時候去補個習啊什麼的也都差不多那個時間了。我今天騎腳踏車來。小桐婆婆走夜路我才擔心呢。」

雪菜這麼說著。之後真的在十點前以有力的站姿踩著踏板，華麗地離開了。桐子也只能目送那雙從短裙底下伸出來的小腿肚，它們在黑暗中反射著街燈，顯得格外白皙亮眼。

到家要跟我說一聲喔，桐子不厭其煩地千叮嚀萬囑咐，因此大約十分鐘後就收到了LINE的訊息：「我到家啦~真的很謝謝妳欸！」

阿健在週末時結束了流感的病假，回到崗位，桐子便結束了在小鋼珠店的打掃工作。

最後一次去小鋼珠遊樂場的時候，聽到有人從店裡喊了聲：「一橋小姐！」

桐子回過頭，看到的是穿著便服的阿健。黑色的格紋襯衫搭灰長褲，戴著一頂漁夫帽。

「咦，怎麼回事？阿健，你是今天開始上班嗎？」

前天自家社長和小鋼珠店的店長都說「後天阿健就會來上班了喔」，桐子懷疑是不是自己搞錯了，多算了一天。

「不是。醫院那邊說我已經可以出院了，我今天來是想說先來打個招呼。」他把手按在漁夫帽上，恭謹地行了個禮。「這個禮拜給一橋小姐添麻煩了。」

看他這副模樣，桐子才突然發覺，他的聲音跟動作好像有那麼一點像高倉健，雖然說長相倒是八竿子打不著。

不過好像還真的是個帥哥呢，在同輩之間應該很受歡迎吧，桐子心想。

「別這麼說，我一點都不介意啊。可以到不一樣的地方工作，我也滿開心的呢。」

光是在他們多聊兩句的時間裡，就有不少擦肩而過的店員或是客人出聲問候他：「唉呀，這不是阿健嗎？」、「你好點了沒有？」見到這個情形，桐子想，這裡果然還是屬於他的地盤呢。

桐子也向邀她一起幫忙做地下錢莊的秋葉和戶村雙人組道了別：「我之前也有提過，從明天起我就不會過來這邊了喔。」

「是喔……真可惜啊。不過，妳之後如果有遇到需要借錢的人，還是要跟我說哦。不一定要是女的啦，男的也可以，年輕人也都可以喔。」看來他們記得桐子曾經說過之前主要都是在辦公大樓做打掃。

「就算對象是科技業的人，也可以找我們借錢的喔。」

「欸——？真的會有那種事嗎？」

「真的真的。而且啊，男人四、五十歲左右的時候最需要錢了。小孩啦家庭啦什麼都要錢，自己能花的卻很少，交際應酬也很花錢啊。」

「沒錯沒錯。」一像是回想起什麼似的，戶村皺起了臉。

「好啦，如果有遇到的話，我會問問的。」

那兩人繼續坐在機臺前，開朗地揮手說道：「那再見啦！」

回到家後，俳句社的明子再度打了電話過來。

「我是要跟妳說之前的那件事。」

「妳說。」

「就是啊，我始終還是聯絡不上三笠先生。」

「唉，這樣子啊。」

「我想跟他說下個月的題目，就像之前我也有跟妳說嘛，所以我打了好幾次電話過去，可是都……」

「確實是令人擔心耶。」

「然後我就想說，不然過去三笠家看看情況，剛好他家在圖書館附近，我去圖書館的時候就順道去了一趟。」

「啊，妳真是太有心了，辛苦妳了。」

雖然是之前做出那種事的男人，但聽到他音訊全無，桐子也還是擔心了起來。

「他家是住在一棟很漂亮的大樓耶。不過，幸運的是外面沒有電子鎖，所以我有去到他家門口。」

「嗯。」

「我試著按了好幾次電鈴、敲了門，還有出聲叫他，結果都沒有人回應。可是，電表的指針卻有在轉。」

「妳的意思是？」

「我覺得不是沒有人住在裡面。我覺得，應該有人在屋子裡。可是明明在家卻完全不應門，一定是有什麼狀況吧？」

「那個女人也在嗎？」

「這我就不知道了。不過，除此之外我也實在沒有其他辦法，就先回家了。然後我就去問社團的代表人草薙姊啊，她都已經九十二歲了真是長壽……她也是一個勁地說：該怎麼辦吶、該怎麼辦吶。就算要聯絡警察嘛，我對他的事情也是一知半解。我想說一橋妳可能會知道三笠先生有沒有其他家人可以聯絡，所以才打給妳的。」

「啊啊。」對方都問到這個地步了，感覺實在不能說句我也不是很清楚就裝作沒事矇混過關。

「我們也只是在俳句社結束後，一起去喝過幾次茶的交情而已。」桐子推託道。實際上，有一次也有連同知子三人一起去吃過飯。

「不過，我是記得他有一個兒子，但兒媳婦是沖繩的女生，他們目前住在沖繩那邊的樣子，稍微有聽他說過啦。」

「沖繩嗎？好遠啊。」

果然，妳這不是很清楚他的事嘛？桐子還在想著要是對方這麼說，可真是無地自容，但明子只是很真誠地吃了一驚而已。

「聽說啦，是因為女方的父母親很反對女兒跟東京的男生結婚，於是開出了婚後也要住在沖繩的條件。而且啊，對方還是經營很多大型名產店跟居酒屋的大家族，所以他兒子就辭掉東京的工作，過去那邊做事了。」

「唉呀，真不得了。」

「但也因為那時候鬧得有點不愉快吧，所以好像和三笠先生稍微有點疏遠了。畢竟是獨生子，而且好不容易進了一間挺大的公司工作，三笠說這些的時候看起來都有點不甘心。」

「那確實是很寂寞啊……」明子並沒有惡意，可是總覺得，三笠被這樣說就更可憐了。

「可是啊，其實反而輕鬆呢，畢竟他說起這件事的時候是笑著說的。」桐子忍不住替他澄清般這麼說。

「那他兒子家的聯絡方式，一橋妳一定也知道吧？」

「沒有，我真的沒有那麼清楚。」

「那就還是沒辦法聯絡上他了呀。」明子嘆了一口氣。

「啊，要不要問問看他的房仲或是房東呢？」桐子從自己最近搬家的經驗得到了靈感。

「妳想，搬過來新大樓的時候，三笠先生年紀也這麼大了，絕對有找人當他的保證人才對。就算他是找保證公司簽約，他們可能也有聽說更詳細的事情。」

「妳說得對。我之前都沒想到這點耶。一橋妳真厲害。」

自己被誇了是稍微有點開心，但桐子想著，明子大概是那種自家擁有獨棟透天的人吧。像她那樣的人，有丈夫有家人可以為自己打點一切，根本從來就不會注意到保證人什麼的吧。像她這樣的人生才能稱為幸福吧，桐子在心裡這樣想。

「那，我是不是來聯絡房屋仲介比較好呢。不過，一時間也不知道他是找哪個房仲業者，一方面也有點不知道是不是自己想太多了，在這裡窮緊張呢。」

「那不然，我也再去他住的大樓找一次看看吧，如果真的還是找不到人，再來聯絡仲介、房東或是警察那些吧。」

明子只是因為擔任俳句社的管理員，就專程到他家去關心他的狀況。桐子這種跟人家喝過好幾次茶、雖然只有一次但也一起吃過飯的人，實在沒有理由一副事不關己的樣子。更何況從桐子家到他家去還更近一些。

「如果妳能幫這個忙就太感謝了呀！」明子的聲音聽起來很高興，好像放心不少。

「那，我這週末會找時間去看看的。」

她們討論著，如果三笠真的不在或是有任何狀況，都先跟明子聯絡，兩個人再一起想想看之後要怎麼做。

三笠的家在一棟有著白色外牆的八樓建築裡。

是一棟比桐子想像中還要高級的大樓。窗戶上緣有藍色的屋簷，看起來既像熱帶國家渡假區的房間，又有點歐式建築的風格。

雖然一看就知道沒有很新，但也稱得上是十分時髦的大樓。拿來和自己現在住的木造公寓一比，突然就有點自慚形穢。

——大概是為了年輕的女人，硬擠出錢來租這種地方的吧。

桐子想起她、知子和三笠三人一起去義大利餐廳用餐的時候，他可是好好招待她們吃了一頓。

——他這個人啊，就是比較喜歡在女性面前表現得很紳士。簡單來說就是裝闊愛面子。虧我之前還覺得這算一種魅力呢。

就像明子說的，還好大門並沒有裝上電子鎖。桐子很快就進到裡面。上去五樓找三笠的住處之前，桐子先看了一下信箱。五〇三號房的信箱裡沒有半封信件。這究竟是好消息還是壞消息呢，桐子一邊思考著，一邊搭電梯上了五樓。

——雖然大家都覺得電子鎖很好用，不過考慮到這種時候的話，老年人果然還是不要用電子鎖比較好也說不定。話雖如此，安全問題也還是要多加考量啦。

來到了五〇三號房的門前。門上的小信箱裡面也是連報紙什麼的都沒看到。

桐子深呼吸、吐氣、按響了門鈴。毫無回應。她再按一次。仍然沒有任何回應。

門鈴按了第二次、第三次，桐子一開始戰戰兢兢的心情也漸漸鬆懈下來，最後差不多按了十次左右才放棄。接下來改成輕輕地敲門，敲了兩、三次之後，桐子出聲詢問：「三笠先生，我是一橋。三笠先生，你在家嗎？我是一橋。」

她又敲了十次門之後，放棄了。

然後，又嘆了一口氣。

——這下真的得好好想一想接下來該怎麼辦呢。先回家一趟，打個電話給明子吧。

桐子突然想起了什麼，往手裡提著的包包裡摸了一遍，最後翻出一本記事本。她撕下其中一頁，寫下留言。

三笠隆先生，我聽說你已經很久沒去俳句社了，有點擔心，便跑來找你。如果你還安好的話，請跟我聯絡，或是跟俳句社的管理人友岡明子小姐聯絡一下。如果一直沒有收到你的

消息，我們可能會去找警察或房仲業者討論這件事。靜候你的來電。——一橋桐子

桐子把寫好的紙條塞進小信箱裡，便轉身離開。

她走進了電梯，按了一樓，突然聽見身後傳來「韃、韃、韃、韃」的腳步聲，桐子吃驚地回頭。

「一橋小姐！一橋小姐，請等一等！」快要喘不過氣的三笠隆出現在眼前。上半身穿著深藍色的運動服，下半身則穿著一件肉色的貼身內搭褲。頭髮亂七八糟，雙眼布滿血絲。

「三笠先生，原來你沒事呀。」

「抱歉讓妳們擔心了。」三笠還在「哈啊、哈啊」的緩不過氣，兩手撐在大腿上。

「知道你還好好的就好，大家都很擔心你耶。」

弓著身子的三笠，一頭白髮凌亂糾結，桐子至今都沒見過他這麼狼狽的模樣，覺得好衝擊，但如果如實告訴他自己現在的想法，只是更傷人而已。

「你看起來還好啊，那我就放心了。」桐子盡量讓自己的聲音顯得開朗。

平常那麼注重衣著打扮的三笠竟然變成這副德性，究竟是怎麼一回事。

不過，其實自己也是，一個人在家時，有時候身上的裝束根本就和他沒有兩樣。所以，可能只是身體狀況出了點問題吧。

「你真的不要緊吧？應該沒有生病還是怎麼樣吧？」

「我沒事。」三笠終於抬起臉來，和桐子四目相對。

「如果可以的話，請妳跟我來一下。過來喝杯茶好嗎？」

「……這樣好嗎？那個……你太太呢？」桐子一時難以決定該怎麼稱呼那個女的。

三笠回過頭來，用苦澀的聲音說了句：「她不在。所以沒關係的。」

「確定嗎……」

同居中的女人現在不在，看他這副模樣，也可以推測出她根本沒有待在家裡。

可是，總覺得這種時候拒絕他好像也很奇怪。桐子從後面跟上他。

第四章　詐欺

不出所料，屋內一片狼藉。

雖然東西並不是特別多，但所有的東西都被隨便扔著不管，用完了也不收。玄關有支鞋拔，甚至看起來就像有人穿好鞋後直接隨手往旁邊甩在地上；傘也沒收好，就只是擱在一旁。那附近放著一把女用的紅色雨傘，一眼看去，就可以知道那個女的確實存在在這裡，或者說那就是曾經存在過的證明。

——說同居原來不是騙人的呀……

一雙裝飾著緞帶的褐色低跟短靴被放在角落。一看就是上了年紀的女性會喜歡的東西。

桐子跟在三笠的後面繼續走。玄關連接著走廊，兩側的門應該是通往臥室和衛浴。三笠打開了最深處的門，是一間複合式的客廳加餐廳，附帶一個小廚房。窗戶很大，如果天氣夠好，應該會比現在更明亮吧。只不過，今天雲層很厚，所以天色並沒有很亮。這應該算是典型一臥一廳一廚的格局配置。

家具似乎是把之前舊有的搬過來，每一樣看起來都不是新品。不過，只有客廳的沙發和桌子看起來特別醒目，新得光可鑑人。大概就只有這些是新添購的吧。

沙發的椅背上披著一件粉紅色的開襟衫。除此之外，客廳就沒有其他事物彰顯她的存在了。不過，它強調存在感的程度已經非常足夠了。

「請，妳請坐吧。我先去換個衣服。」

三笠說，接著走進了臥室。就在那時，桐子瞥見了一張幾乎塞滿整個臥室的大床。看不出是不是新買的，只看到上頭凌亂地放著一件花朵圖樣的粉紅色毯子。

桐子慌忙把跟隨著三笠背影的視線收回來，直視前方，坐進沙發。她挑了一個不會碰到粉紅色開襟衫的位子坐下。

報紙也是到處散落了一地。三笠過了許久還沒出來。桐子忍不住伸出手，把報紙和雜誌都收拾起來，疊在桌上。僅僅是如此，就讓房間有稍微變乾淨整齊的感覺。

「讓妳久等了。」

三笠走了出來，一身灰色針織上衣和休閒褲的打扮。雖然休閒褲整條都皺巴巴的，但再怎麼說也比內搭緊身褲好太多了。

「我去泡茶……」

「啊，讓我來吧。」

桐子站起身來走到廚房。走進其他女人家裡的廚房固然令人不悅，但總比讓男人來泡茶給自己還要好得多。這個小巧的開放式廚房十分時髦。

三笠並沒有做出任何阻止的動作。

——男人就是什麼都不會多想吧……不對，看他那個樣子連大概是連回頭看一下也沒有啊……

說想聊聊的人明明是他，現在卻只是獨自一個人坐在沙發上，眼神還很空虛。

桐子找出燒水的水壺和陶製小茶壺，也找到一個只剩下一小撮茶葉的茶罐。所有能用的東西都被占用了。看起來這些好像也是從三笠之前的家帶過來的。

「謝謝。」三笠萎靡不振地道了謝、喝了茶。

「你沒事吧？」雖然同樣的話已經說了好幾次，但還是只能這麼說。

「我該從哪裡開始說起才好呢……」三笠盯著自己握著茶杯、消瘦而變細的雙手。

「不想說的話，不用勉強也沒有關係的。」

「不，我是希望一橋妳可以聽我說。這種事情我根本沒辦法跟別人講，實際上也沒有告訴任何人，因為實在太丟臉、太不像話了。可是，如果是一橋妳的話，我應該說得出口。」

喝了茶之後，三笠好像稍微恢復了一點精神，露出了虛弱的微笑。

「如果是一橋妳的話」……要是在幾個月前聽到這種話，可能會覺得很開心吧。不過，現在只感到複雜的情緒在心中飄過。

——是我的話就可以嗎？意思是說對象只不過是我這種人，所以講出自己丟臉的事情也沒差是嗎……就算表現得再怎麼親近，這個人其實還不是在某種程度上瞧不起我嗎。

不知道是不是內心悲觀的直覺作祟，桐子腦中不自覺地冒出這種扭曲的想法。

「像我這種人啊，可能根本不夠格跟你聊那些喔。」一不小心就說出了這種話。

不過，三笠似乎根本沒有理解到桐子的心情，還說：「不會不會，妳只需要聽我說就可以了。」

「那位女性，我也介紹給一橋妳認識過，就是那個齋藤薰子啊……」

「是。」

「……我突然就聯絡不上她了。」

「哇。是從什麼時候開始的呢？」

「幾個禮拜前。我們是有稍微吵了一架啦。其實也只是一些很沒營養的拌嘴而已。她啊，雖然是會下廚……我是覺得這一點很不錯啦……可是不管是什麼東西，她都一定要買貴的。」

「是個美食家呢。」

「這個不好說。比方說她會買黑鮪魚生魚片啊、鰻魚啊或是國產的牛排這類的東西。」

他講的這幾樣，全都是頂多需要稍微加熱一下就能吃的東西啊，桐子這麼想著。

「然後，我就跟她說，我前妻都是買比較便宜的食材回來，花時間親自煮給我吃哦。結果她就發飆了。」

實在是喔……桐子在心中碎嘴道。那倒也是三笠你自己的錯啊，那種話絕對是女人最不想聽到的東西嘛。

「然後，她就開始說什麼『我就是討厭你老是這副窮酸相』啦，還有什麼『真不敢相信你以前跟那種寒酸到不行的女人一起生活』之類的，所以後來就吵架了。」

「是喔。」

換作是桐子，要是被前一個女人比下去，也會以牙還牙，搞不好也會說出差不多的話。

「不過啊，薰子她每次去買東西的時候，都一定會跟我拿一萬圓，但一次也沒有找錢回來過。可是，是每一次喔，她只要去超市，就一定、一定會對我伸手要一萬圓。如果問她『昨天剩下來的錢呢？』她就會一派輕鬆地說『花掉了啊』，所以我才……」

「是這樣啊……」

「然後，她就直接奪門而出，當天就沒再回來了。我打了好多次、好多次電話給她，但她就是不接。那時候我擔心得完全睡不著，隔天一大早就跑去她家找她。」

「唉呀，她不是也住在這裡嗎？」

「是有預計之後會兩個人一起在這裡生活啦，實際上她也幾乎都住在這裡。只是她說，她家的家具跟衣服都還很多，要等她把那些拿去丟一丟或者送人之後再搬過來這邊，所以她還沒有真的退租。」

「原來是這樣。」

「我是沒有進去過她家，但之前送她回家也送到她家門口好幾次過，所以知道她住哪裡。結果，我就去了她家找找看。」

「結果怎麼樣呢？」

三笠一臉痛苦，眉頭深鎖。

「之前她跟我說她住在三〇五號房，裡面住的卻是其他人，是個二十多歲的青年。不管我問幾次，他都說根本不認識什麼叫薰子的，房間門牌上的姓氏也不是她的。我實在沒辦法，就跑去一開始認識她的地方，就是那間整復所。因為薰子之前在那裡做櫃檯嘛。」

「那間整復所，你之前還有推薦我去過呢。」

「結果那邊也跟我說薰子已經辭職了。他們甚至說薰子只有我去復健的那幾週有在那邊工作，所以他們也不清楚。」

「嗯……」桐子感到困惑，翻找著當時的記憶問道：「之前你跟我介紹那一位的時候，你說你很喜歡那間整復所，說是很棒的地方，所以也想介紹給我，我記得你是這麼說的吧。那，雖然後來發生了這些有的沒的……但是三笠你不是應該到現在都還會繼續復健嗎？」

「沒有，其實啊，薰子是有按摩師執照的，那時候她會在那間整復所工作，也是因為她希望有一天自己可以拿到正式資格，成為一名有執照的物理治療師。我們開始交往之後，她說就讓她來幫我按摩吧，所以之後我就沒有再去整復所了啦。」

要說年輕，薰子也都五十九歲了。這個年紀還有辦法拿到那個執照嗎？

「這樣啊……我還聽說你連俳句社都沒有去參加了。」

「嗯啊。薰子她……她沒有很喜歡俳句，而且她說，叫我不要去有別的女人在的地方。所以不只是俳句社，還有登山社跟書法班我也都沒去了。」說到這裡，三笠微微笑了。他可能對此感到很自豪吧。

到底有什麼好開心的啊，桐子很想這麼說，但她當然不可能說出口。

「可是啊，如果她只是因為你們吵了一架而離開，說不定哪天就突然回來了啊，如果她還有行李在你這邊，應該也會回來拿吧……」

「不，說到這個……」三笠看向地面，苦惱地抱著頭。「其實，這裡幾乎沒有她的東西了。因為她還沒有完全搬過來，所以本來就已經很少了。可是，就連留下來的那些東西，也不知道從什麼時候就不見了。」

「這件開襟衫呢？」

「那是我買給她的，現在這邊就只剩那個跟一把傘，還有一雙鞋。」

桐子這下明白了，她現在看到的這些東西，就已經是全部了。

「那她是在你們吵架之前就把東西拿走了嗎？還是說吵架之後才帶走的呢？」

「我不知道，我本來也想說臥室的衣櫃裡應該多少還會有幾件薰子的衣服吧，可是一看才發現，竟然一件也不剩了。不過，我真的不知道是什麼時候不見的。女人家的東西，我根本不會認真去注意啊。」

這下輪到桐子覺得苦惱了。男人啊，在這種地方實在是有夠遲鈍，甚至是不聞不問啊。

「不過我想，她應該至少還會再跟你聯絡個一次吧？」

「說到這個……我這才正要說到最難以啟齒的地方呢。」三笠的聲音像硬擠出來似的。

「什麼意思？除了吵架以外還有別的嗎？」

「說起來真的很丟臉啦，就是我……」

「嗯。」

「我啊，借了很多很多錢給薰子。」

「欸？」

桐子的心臟真的怦怦直跳。錢。他指的是用來做什麼的錢呢？

「一口氣借了一大筆錢給她嗎？」

「不，我才不會做那種事。」三笠極力否認。「如果說，她直接跟我說她需要個一、兩百萬的話，我再怎麼樣也會提高戒心，怎麼可能不知道是什麼狀況就把錢給人家嘛。我會拿錢給薰子，可都是有正當理由的。」

「正當理由？」

「是啊。我大概是從去年，差不多秋天那時候開始跟她交往的吧。那陣子，她老是頭痛得很厲害，每次都喊著頭好痛、頭好痛，結果不得不跑醫院照了核磁共振，還有那個叫什麼來著，『腦部檢查』啦，還被說非做那個不可呢。而且，那東西要花超多錢的。她就說希望我借她二十萬圓，我就借她了。」

「竟然要二十萬！」

「結果後來啊，又必須做更精細的檢查。她說因為那是最高端的醫療技術，所以健保沒有給付。她啊，一直以來都是個單親媽媽，根本也沒有多餘的錢去保民間的保險什麼的。因為她就是那種把自己放在第二位、第三位，把家人永遠擺在最優先的人啊。所以，那陣子，我就十萬、二十萬的這樣借給她。」

「不過好吧，畢竟都生病了，也沒有辦法嘛。」桐子長長地嘆了口氣。為什麼到了這種時候，我還非得說點什麼維護她呢。她不禁對自己感到看不下去。

「還有，我剛剛也跟妳說過嘛，她的夢想是當上物理治療師。她跟我說，要進入技術學校的話，註冊費和學費加起來就差不多要八十萬。可是又想說，如果能順利取得執照的話，對她未來照顧我也很有幫助。」

「是。」桐子點點頭。此時她開始覺得自己也漸漸看清了這個故事的全貌。

「然後還有，她女兒最近要生孩子了，今年過年我跟她一起待了一段時間，結果她又跟我借了祝賀生產用的紅包錢、生產費用，還有住院費。」

「那你有見到她的女兒和孫子了嗎？」

「沒有，她說要等產後都告一段落、安定下來之後再說，看樣子女兒大概跟她一樣都是體弱多病的體質，好像還說懷孕的情況不樂觀，隨時都有流產的危險，所以她說現在不能去驚動到女兒。因為她女兒是個非常依賴媽媽的孩子，一直都很黏媽媽，要是現在跟她提什麼再婚的事，她大概會受到非常大的打擊吧。」

什麼打擊不打擊的，自己也都已經是一個要生孩子、當媽媽的人了，到底還要依賴媽媽到什麼時候啊？桐子在心裡暗罵道。

「她啊，真的是個很溫柔的人呢。」三笠還是照樣在替薰子說話。「我跟我兒子之前在那種情況下分開嘛，然後就好長一段時間都是沒辦法見面的狀態，所以我就覺得，好像可以擁有一個新的家庭了，很期待她女兒的生產。」

「是這樣喔。」

「話說回來，我們在這邊吵架之前，她就有說『搬家的事情都已經準備好了，那你借我搬家的費用吧～』我都把錢給她了，之後才吵架的。」

「原來如此。」桐子只能點頭。

「其實到目前為止我一直都沒有太在意。不過，自從薰子不在之後，我重新想過很多，然後呢，也稍微算了一下，這才發現林林總總加起來，我總共給了她四百萬左右。」

「四百萬？！」桐子不自覺地大叫出聲。

「對……」就算是三笠自己也有自覺，他縮了縮肩膀。

「那你那個，就是……」

「什麼？」

「印章啊存摺啊那類的呢？都有收好嗎？還是都交給她了？」

「我沒有那麼做啦。沒問題的。」三笠挺起胸膛。

「你有沒有真的去確認一下啊？看看銀行的存款有沒有變少？」

「我才不是那麼糊塗的男人呢，再說薰子她又不是小偷，只是比較缺錢嘛。啊我也只是在說，仔細想起來已經給了她四百萬啊，我要表達的只是這樣而已。」

既然對方都這麼說了，桐子也沒有任何方法能確認他真實的心意。不過，總之，他應該也是真的那樣想。

桐子突然注意到一件事。那就是目前為止所看見的、那個「她」所留下來的東西……傘、靴子和開襟衫，雖然樣子都很華麗鮮艷，但都一眼就能看出是便宜貨。桐子也是女人，多多少少也看得出那些東西的價值。感覺她留下來的，全都是丟了也不會感到可惜的東西。

「所以，一橋啊……」

「嗯。」

「妳說我該怎麼辦才好呢？我應該要更認真找她嗎？萬一，搞不好她其實是出了什麼意外或是生了什麼病之類的呢？我應該通知警察嗎？」

「啊……」

「還是說，難道我，」三笠咕嘟一聲嚥了口口水。「其實是被騙了嗎？難道是婚姻詐欺嗎？妳覺得是嗎？可以不用顧慮我的感受，直接跟我說妳是怎麼想的就好。」

桐子根本回答不出來。

「唉呀，原來是這麼一回事啊，那我就安心一點了。」明子接到桐子的電話，在另一頭開心地說著。

三笠染上了重感冒，一直在家裡臥床休息，同居對象則是因為必須照顧雙親，暫時回鄉下一陣子。這是桐子和三笠一起串通好的對外說法。

明子那麼關心三笠的狀況，自己卻還對她說謊，桐子雖然覺得過意不去，但又被交代希望先不要對俳句社的大家多說什麼，所以她也沒辦法。

至於桐子自己，其實也還沒辦法斷定，這個薰子實際上到底是帶著多少惡意讓三笠身陷其中呢，還是說她真的只是暫時鬧彆扭離家出走了而已呢？

姑且還是有問三笠要不要去找警察問問看，但他也只是「嗯……嗯……」不斷抱著胸、歪著頭煩惱，最後還是回答：「我看我還是，再自己找找看好了。」

果然，他還是喜歡著她啊，桐子有點寂寥地心想。

「你有跟你兒子討論過這件事了嗎？」

「怎麼可能啊。」三笠用力搖了搖頭。「那傢伙，根本就不管我的死活啦。他只顧他老婆的娘家啦。雖然他根本不管，但要是跟他說我要跟薰子結婚的事，他一定又要在那邊意見一堆。要是走到那一步，我真的會跟他斷絕親子關係啦。我甚至連搬家的事都沒有告訴他。」

結果，桐子就這樣帶著一堆懸而未決的事，回到了自己的家。

不過，桐子決定到薰子之前工作的那間整復所，假裝成去復健的客人，多探聽一些她的底細。桐子的腰腿疼痛也不是一天兩天的事了，所以做這件事完全不需要騙人。

其實，桐子原本覺得由三笠自己直接再去一次現場，好好說明原因，應該會比較容易問出點什麼，但他本人很堅決地說：「我才不要。」

「之前就已經去過一次了啊，就算我再去一次，也絕對沒辦法挖出什麼新的情報啦。」

「那不然，我去試試看呢？」

「那就太感謝妳了！」三笠抓住桐子的手，一個勁地開心。「我該怎麼謝妳才好呀！」

「別這樣，就算是我去，搞不好根本調查不出什麼重要的東西啊，你不要太期待啦。」

「可以跟桐子說這些事真是太好了，妳知不知道我憋得多難受。」不誇張，三笠的眼裡湧出了淚水。

「別這樣啦，我根本什麼也幫不上。」

「我是說真的。光是妳願意聽我說，就已經替我卸下心頭的重擔了。」

桐子回去前，還是在玄關試著再勸了他一次：「我覺得你還是跟你兒子聊聊看這件事比較好哦。」

三笠姑且點了點頭，但不知道他是否真的有聽進去。

隔天一大早，桐子就前往那間整復所，它就在車站前圓環的其中一角。招牌寫著「Four Seasons 四季整骨院」，簡直像一流大飯店的名字，店址位於白色建築的一樓。

好氣派的整復所呀，是不是真的賺很多啊，桐子心想，一邊走進自動門。

櫃檯站著一位年輕的白衣女性，她對桐子微微一笑。記得薰子以前也是幫忙做櫃檯人員。這樣的話，大概就是和現在這位女性站在相同的位子上吧，桐子思考著。

「早安，您好。」

「早安。那個，我是第一次來……」

對方請桐子出示健保卡、填寫問診單，並且說明，如果符合健保資格，初診之後的收費會是一次五百圓。

在候診室有幾個老人，還有女高中生。不過，桐子雖然沒有預約，大約也只等了十分鐘便能進入診間。

裡頭排列著四張床，還有四張按摩用的椅子。進去的時候，除了桐子以外，已經有三組患者和物理治療師各占一床。

——有很多位治療師的樣子，應該很快就會有人來了……

桐子按照指示坐到了床上，一位年輕的男治療師一手拿著問診單向她提問。不知道是不是為了和桐子維持平視，他看起來半跪著，坐在桐子身旁。

腰痛……差不多是什麼時候開始的？都是什麼時間點會痛？痛的次數多嗎？從事什麼樣的工作呢？有運動的習慣嗎？他把問診單上寫過的內容都再問過、確認過一次。

每個問題都只需要照實回答即可，所以桐子答得很流暢。

「好的，那麻煩先幫我趴在這邊，我稍微幫您看一下喔。」

治療師戴著大大的口罩，因此看不到他的整張臉，但光是從眼角和聲音，就可以感覺到他既年輕，個性又溫柔。

「這邊的話，感覺怎麼樣？會痛嗎？這邊呢？還好嗎？」

聽著這麼溫柔的聲音，又被揉著身體，真是舒服得讓人都要忘記原本的目的了。

「我就知道，您的腰有一點歪掉了喔。我想之後只要常常注意，記得調整身體重心，就會好一點了。」

桐子聽他這麼說，心裡開始覺得，雖然算是受三笠之託才來的，但有來這一趟真是太好了呀。

「請問您是怎麼知道我們這邊的呢？」他很自然地這麼問道。桐子心想，這可不是個大好機會嘛。

「嗯，就是有一個認識的人在這邊做櫃檯啦，她有介紹我來。」

「咦，櫃檯嗎？」

「對啊，她叫做齊藤薰子，不過我看她今天好像不在。」

「……齊藤小姐嗎？」

「我最近都聯絡不上她。不過，是她跟我說這邊實在很不錯，所以我才會來的。」

「這樣子啊……」

「我跟薰子是在俳句社團認識的啦。」

這種時候，在哪裡認識的隨便帶過就可以了吧。

「她真的是很熱心跟我推薦這裡耶。我是聽說她自己也有拿到按摩師的資格了啦。」

對方突然開始什麼也不回答，只感覺到他的手還在腰際附近持續按摩著。

「那個什麼，我聽說她會來這邊，好像也是因為想要考取治療師資格之類的樣子欸。」

「欸，就是她啦，就是在說她。」這時，隔壁突然傳來一道粗厚的聲音，嚇了桐子一跳。

桐子維持趴著的狀態，臉埋在床上的圓孔裡，所以什麼也看不到。但聽起來是正在替隔壁客人治療的治療師對這個話題有反應。

「啊啊，就是她喔。」

接著兩個人的聲量又突然降低，幾乎聽不到了。並不是桐子耳朵不好，而是兩人改用竊竊私語的方式，還一邊擠眉弄眼地交流。

無論如何，都可以感受到他們對於談話中提及的那個人，並沒有抱持什麼好的觀感。

「齊藤小姐，最近還有來嗎？」因為治療師一直不回應，桐子又問了一次。

「啊，她離職了。」

「是喔。我沒聽她說欸，難道是跑去其他店工作了嗎？」

「不是吧，我想應該不是。」

接著，他把手放在桐子的脖子那一帶，蹲下身來。然後，把手指按進脖子的骨頭和骨頭之間。他確確實實按到了脖子的筋脈，桐子疼得差點「咿！」的一聲叫出來。

「……我想她應該是連什麼按摩師的執照都沒有。」他在桐子的耳邊悄聲說道。氣息掠過耳際，害得桐子不禁一陣哆嗦。脖子好痛，耳邊起雞皮疙瘩，就連他說的內容都很衝擊。一下子受這麼多刺激，感覺腦袋都要混亂了。

「真的嗎……」

「難道說，一橋小姐，您被那個人騙了什麼嗎？有沒有跟您拿錢什麼的……」

「沒有啊，都沒有耶。」

「這樣啊，那就好，嗯。」他把聲音壓得更低了。「妳說的那個人啊，只有在這邊待了幾個禮拜而已，可是光是那段時間裡，就有很多人……大部分是男性啦，反正很多人去跟她搭話……我們也滿困擾的。」

「搭話？」

「嗯——該怎麼說呢？」

他站了起來，拿起蓋在桐子身上的毛巾。同時「唰」的一聲用力拉上了這一床和隔壁床之間的簾子。

「請您幫我躺成正面。」

桐子依言照做。他把拿下來的毛巾又重新蓋回桐子身上。這一次，桐子的臉上也被蓋了毛巾。然後，他把桐子的手臂拉過來，畫著圓圈轉動手腕。骨頭發出喀哩喀哩的聲音。

「如果，她有引誘您做什麼的話，請您千萬不要答應她。」

「是發生過什麼事嗎？」

「……雖然我也沒有很清楚啦。」

可以感覺到他似乎四下張望了一下。

「自從她離職了之後，就有各式各樣的人跑來抱怨欸。但是，院長要我們一概回答說她的所作所為跟本院沒有任何關係就好。可是我個人是覺得，如果受害的人數繼續增加，我們也會很困擾，所以想說還是應該跟您說清楚。」

「咦？說什麼？」

「那個人啊，首先，她的經歷全部都是假的喔。住址、畢業的大學、資格證照什麼的都是。搞不好就連名字都不是本名也說不定。」

「啊喲。」

「然後啊，就像我剛才說的，她在這邊的那段期間，有很多男性去跟她搭話嘛……當中有些人甚至還給了她一些錢。就連家人都跑來跟我們抱怨，我們實在是非常困擾啊。」

「有這種事啊。」

「所以說，如果她有對一橋小姐您提起任何那方面的事情，請您一定要拒絕她喔。」

「噢不，不會啦，我沒事的。先不用擔心我。不過，沒有人知道她現在去哪裡了嗎？」

「嗯嗯。她離開之後，院長也有試著跟她聯絡，可是不管是手機還是什麼的，全都打不通。」

桐子當時的心悸果然不是錯覺。

這下，到底該從哪裡開始、又該如何對三笠說明呢……

不論是從整復所回家的路上還是上班的時候，桐子都一直在煩惱。

這種事情根本沒辦法跟任何人討論。

況且還關乎到三笠他個人金錢方面的狀況……啊啊，這種時候要是知子還在的話就好了。

再說，本來應該可以跟年紀相對成熟穩重的明子商量的，可是之前已經對她撒了謊，事到如今才說實話反而會讓對方覺得不太好吧。

——三笠一定還在引頸期盼，等著聽我會怎麼跟他報告吧。

這麼一想，胸口就痛了起來。

桐子個人認為，將人置於不安的處境，本身就是一件罪大惡極的事情了吧。比起拒絕或否定，還要更進一步的，就是把別人的心高高懸在半空中然後放著不管。實在沒有比這更殘酷的行為了。

關於這點，是桐子在至今為止的人生當中學到的一課，尤其是在當上班族的時期。年輕的時候，同事基本上都是男性，上司也是男的。壞心眼的主管對那些處於比較弱勢立場的下屬或是客戶，有時候會採取不明確給出回覆、就那樣放他們自生自滅好幾個月的做法。如果有人向他提醒這件事，他也只會隨便搪塞幾句：「沒有啊，說得更清楚的話，對方不是更可憐嗎？」、「拒絕的話，大家都不好過嘛。」但這也只是因為他不想當壞人而已，不然就只能說他是個嚴重的虐待狂了。

另一方面，也是受到了知子的影響。

一起生活的日子裡，知子有時候會聊起一些關於過世丈夫的瑣事。聽說他在自己的家裡，也是那種會置人於不安境地的人，讓知子和兒子們沒少哭過。

「不管是升學、家計還是旅行的行程，反正家裡的每一件事情，如果不由他親自下決定，他就不會甘願。他就是這種人呀。」有一次，知子在飯店大廳的巨大水晶吊燈下喃喃說道。那是某天吃完美味的吃到飽後要回家前的事情。

「可是啊，就算找他討論，他也不會跟妳說他覺得好還是不好，就可以那樣放好幾個月都不回答喔。如果再主動問他，他又會生氣，然後講出一些完全反對我們想做的事情之類的話。因為知道一定會這樣，所以我們全家人就還是只能靜靜地屏息以待……」

他一定是想用恐怖跟不安來控制整個家庭吧。

「找到工作之後，兒子們就相繼離開家裡了。他們兩個，都只有在那時候完全沒問過我老公的意見，依照自己的意志默默地離開了。這也是無可奈何的吧。想來應該是已經到了極限，再也無法繼續與父親相處了，然後一定也對我感到很生氣吧。對我這個只會一直隱忍、一點力量也沒有的母親。」

「妳怎麼說這種話嘛。知子妳可是把他們養到這麼大了啊。」

「二兒子要離開家的時候，倒是有跟我說：『媽，跟我一起走吧。』」

「唉呀，真是個好孩子。」

「可是，最後啊，我還是沒跟他走。畢竟我老公也沒有暴力到對我動手，那個時候，也還沒聽過什麼關係霸凌這種詞，實在找不到什麼明確的離婚理由來說服周遭的人。」

桐子也不知道該怎麼辦，只能輕輕撫著知子的雙手。

「不過，我覺得那這樣也不錯啦。我還有送我老公最後一程，我心裡也沒有懸念了。」

「知子妳已經很偉大了呀。」

「謝謝妳。現在我是真的很幸福。」

我也一樣喔。桐子沒有把這句話說出口，而是「咚咚」的輕輕拍了拍知子的背。

「還有啊，其實我……」知子說到這裡就閉上了嘴，然後看著桐子微笑。

「什麼啦？」

「不、能、說。」

那時她到底是要說什麼呢？

桐子一邊刷著廁所，忽然想起這件事，又覺得不對，趕緊把思緒拉了回來。

——現在可得先想一想三笠的事情才行。到底該怎麼跟他說才好。

到最後，還是只能全部據實以告了吧，怎麼想都覺得應該如此。一旦知道了真相，人也許會唉聲嘆氣一段時間，但至少可以不必繼續煩惱或疑惑了。

因為，接下來除了繼續前進以外，也別無他法。

——說是這麼說，但真的知道真相之後，我實在不知道他會變成什麼樣子。

「欸，關於失戀……男人都是怎麼想的啊？」正在打掃吸菸室的時候，正巧碰上久遠一個人在裡面，他也跟桐子打了招呼，因此她忍不住直接問他。

「呃，失戀？」久遠停下了手上正在抽的菸，輕咳了起來。

「唉呀，真對不起。」

「不是……誰叫一橋大姊妳突然說些奇怪的話。」他邊喘邊咳，比剛才更嚴重了。

「真的很抱歉。」

「該說是好奇怪，還是好荒謬。」久遠還在嗆咳著，但他笑了出來。

「你明明是趁工作的空檔，好不容易出來喘口氣的，這下都被我搞砸了呀……」桐子放下手中的拖把，輕拍著久遠的背。

「沒關係啦。可是，妳為什麼這麼問啊？為什麼會問男人對失戀的看法？」

「也沒什麼啦～我只是在想說，失戀這種事情不管是誰遇到了都會很難過嘛，可是啊，男人是不是會在某種程度上相對比較理性啊、可以比較冷靜之類的，會嗎？」桐子提問的語氣裡，包含了一種自己很希望是如此的主觀推測。

「才沒有差別呢，不論是男人還是女人，失戀不是都一樣難受嗎。」久遠稍稍蹙起眉頭回答道。

難道說，最近他也發生了什麼事嗎。

「說得也是啊～」

「可是，妳會這樣問，一定是有什麼原因才對吧。」

被對方這麼一問，桐子反而有種鬆了口氣的感覺。

實在好想跟誰聊一聊三笠隆的事情，問問看別人的意見。最重要的是，自己實在快受不了了，真的很需要問問別人、讓人幫忙判斷一下，就自己如今掌握到的事實而言，這些到底是詐騙呢，還是說真的只是戀愛糾葛呢？

有一次趁雪菜來家裡玩的時候，有當作閒話家常試著和她聊了一下，但還是想找個完全不認識三笠隆、可以客觀判斷的人來問問看，如果對象是成年男性的話就更好了。

「你願意聽我說一下嗎……？」桐子盡可能不拖太久時間，趕緊說了起來。

有一個老人跟年輕（相較於他）的女性交往，然後被對方以醫藥費、註冊費、學費、孩子的生產費用、伙食費……等等名目不停借錢或是說拿錢。短短幾個月總共就給了四百多萬。然後女方就突然不知去向，也一直聯絡不上。在女方之前工作的地方也有別的受害案例，還聽說她的履歷全都是造假的。

為了不給久遠添麻煩，桐子拚命加快說話的速度，中途還被制止：「我不趕時間啦，唉唷，妳慢一點、慢慢說就好。」

「……那聽起來……應該就是詐騙了吧。」把整件事情聽完的久遠思考了一陣子，才一邊吐著香菸的煙霧一邊說道。

「沒錯吧！」說得正起勁的桐子，甚至在對方話都還沒說完的時候，就已經脫口而出回應。

「妳說的那位……如果只聽那位男性的片面之詞，是沒辦法那麼肯定啦，但是把其他事情加進來一起思考的話，就可以斷定應該是某種詐騙了吧。」

「你也這麼認為吧！」

「可是，可以成案嗎？我不太確定。要當成一個案件來辦的話，好像沒那麼容易哦。如果說以結婚還是什麼條件當作藉口把錢領光光，那就真的是結婚詐欺，但單單說是『借錢』的話，何況連借據都沒有，就更難要求對方還錢了。」

「可是，那個男方也不想把這件事當成案件，根本不會去跟警察通報，大概啦。好像就只是想知道自己是不是被騙了，真的只是想知道這一點而已。所以我也只是在煩惱到底要不要跟他說得那麼明白，畢竟說了就一定會害他失戀了嘛。」

「還不只是失戀而已哦，錢也沒了，面子也丟光了，一定會非常難受的吧。」久遠擺出了一副好像身上某個地方非常疼痛的表情。

「就是說吧。好可憐啊。」

桐子也能理解這種心情，畢竟一直到不久之前，她還有那麼一點喜歡這個故事的主角三笠呢。

「再說了，那位先生已經考慮到今後要跟對方一起度過餘生，這樣的人生計畫都化為泡影了，那豈不是連未來的希望都全沒了嗎？」

「啊啊。」

說得沒錯，桐子倒是還沒有想到這一點。

「不過其實也可以說，那些錢只是他在這次的投資組合當中虧損的一部分而已，算是不幸中的大幸了。」

「投……投資組合？」

「就是指金融產品的那種投資組合。」

「啊啊，是同一個概念嗎？」

之前有跟三笠確認過，他原本擁有的存款和退休金大概有兩、三千萬，這次被薰子拿走了將近兩成的資產。

所以說，儘管心有不甘或難過，不過以目前的情況來說，他似乎不會很積極地想跟警察報案。

「就是說，雖然錢的部分也是個問題，但是我想，對他來說愛情跟未來的問題才最讓他難過吧。」

「確實，那也是最困難的部分啊。」

嗯，到底該怎麼跟三笠講才好啊，桐子一直苦思無果。

「應該簡單明瞭、像談公事那樣跟他直說就好了吧。」久遠這樣建議道。「不用帶太多感情，直白地說。」

「就直白地說，這就是婚姻詐騙喔，這樣嗎？」

「就爽快地說，這是婚姻詐騙呀，這樣宣告之類的。」

「會不會有點太冷淡了啊，又不是冷素麵還是中華涼麵。」

「是有一點啦。」不過啊……久遠繼續說，「反正到最後，他的痛苦還是只能一個人承受，沒有人有辦法幫他分擔。」他一手夾著香菸，凝視著遠方。

「該不會……」

「什麼？」

「久遠你也吃了這種苦嗎？被這種事情……」

「唉呀。我也是人啊，好歹也會談一點戀愛啦。」唉，不過像那位先生那樣，上了年紀之後的戀愛肯定更辛苦吧，他嘴裡小聲地唸著。

結束今天的工作後，桐子發現手機上出現了陌生的電話號碼，戰戰兢兢地回撥，才發現是之前在小鋼珠店認識的秋葉。

「最近怎麼樣？妳最近都沒來找我，有點寂寞啊。」

不知道他是真心的還是只是客套一下，但聽到對方這樣說還是會有點開心，這就是一個人孤獨過日子的悲哀。

「唉呀，說這種話還真是……戶村先生最近怎麼樣呢？也都還好嗎？」

「啊啊，很好，那傢伙也很好。」

雖然還是一副無情的樣子，但不用看也知道兩人的感情比嘴上說的要好得多了。

「對了對了，我之前介紹給你的那位客人，她還好嗎？有按時還錢嗎？」

「她也很好。上一次的老人年金撥款日她就已經乖乖地還錢了。我覺得，她搞不好還會再來跟我們說要借錢唷，因為她看起來很開心。」

「這樣喔。不過，別讓她借太多了喔。」

「好啦，我知道。那時候真是謝謝妳啦。」

「不會啦。但是從那次之後，我這邊就沒有再遇到什麼需要借錢的人了耶。」這部分應該直接明瞭地說清楚會比較好吧，桐子先發制人道。

「啊，不是啦，我今天是有點事想要拜託妳。」

「什麼事呀？不會是什麼很難做到的事情吧？」桐子語帶保留。

雖然說對方人並不壞，但是他的身邊、他的後臺，可是跟黑社會的人有關啊，小心謹慎一點才是上策。桐子已經做好了心理準備，決定如果聽起來不太妙就要馬上拒絕。

「桐子姊，妳有沒有興趣參加工作坊呀？」

「工作坊？」

「或是，用現代人的話來說是叫做……講座課程？」

不管是工作坊還是講座課程，桐子都沒有頭緒，都是她目前為止的人生當中幾乎連聽都沒聽過的詞。

「講白一點，就是以高齡女性作為主要客群開辦的、教妳賺錢的專題課程啦。」

總覺得越來越可疑了。

「真不好意思，我真的是沒有錢，也沒有什麼可以提供給你們的課程材料呀。」桐子半開玩笑地這麼說，心裡還是對自己吶喊著「要小心、要小心」。

「我不是那個意思啦。妳也知道，我們上面有一個對我們很照顧的大哥嘛，就是開貸款公司的那個大哥啊。他以前的這個啊……」秋葉大概是在電話的那一頭翹起了一根小指吧。

「啊，講電話看不到啊。反正就是大哥以前的女人啊，好像辦了一個那個工作坊什麼的。然後啊，就說希望可以幫她介紹高齡的女性去參加。」

「可是我，對這種東西實在是……」

「我們大哥雖然很強勢啦，但也是個好人，那個女人目前還沒有找到什麼人來參加，就來找大哥哭訴，大哥也沒辦法，就只好幫忙找人了。那個工作坊啊，雖然參加一次要一萬圓，但我們大哥也說那個就他來出啦。聽說是不用找什麼美女啦，但希望是口才要好、口風要緊、整體乾淨俐落的女性。」

總覺得好像、真的太不尋常了，桐子根本說不出話。

「結果我啊，馬上就想到桐子姊耶，妳全都符合啊。」

「可是你說，那個內容到底是什麼，你不說清楚的話，我根本什麼也不知道啊。」

「好啦，那我去跟大哥問一下。」

掛上了電話之後，過了大約十分鐘，秋葉真的又打了過來。

「欸，我去問了大哥，結果他說除了工作坊的一萬圓費用之外，如果妳去的話，他會出一萬圓日薪哦。」

「咦？」

「去幾小時就有一萬圓哦。聽起來不錯吧。要是我是女的我也想去欸。當然啦，如果中途不想參加了，也可以馬上回去沒關係。」

桐子腦中雖然警鈴大作，但想法已經逐漸開始傾向可以去聽聽看那是在做什麼。

「所以我說，那個的內容到底是什麼呢？」

「……好像是關於詐騙的喔。」

「詐騙？」

「那個啊，我們大哥的女人啊，她以前白天在當保險業務員，晚上當小酒館的老闆娘，總之對男人很有一套啦。她就用自己的經歷開通了詐騙這條路，不過她現在都已經差不多要八十了，所以就想金盆洗手。然後，她想說學點別的東西，就去參加了什麼創業工作坊之類的，結果她學到的是：所謂的事業，就是把自己某種程度的成功經驗拿來教學、拿來賣錢，這種才賺得最多。所以她就想說，自己也來開一個工作坊，不過目前就是還沒找到什麼人來參加，然後跑來找大哥哭訴啦。不過既然是類似詐騙的東西，也不好大大方方地打廣告嘛，再說對象又是老人，就算用網路也很難招到人來。」

「原來如此啊。」

「我們大哥對待自己曾經愛過的女人，可捨不得讓她遭遇這麼殘酷的狀況啊。」

桐子的心裡越來越動搖了。

雖然自己如果被詐騙是很可怕，但如果是去加入詐騙別人的一方，順利的話搞不好還可以被逮捕。

桐子回想自己前幾天才確認過存款帳戶，裡面只剩下幾萬圓了。不，實際上她記得清清楚楚，剩下兩萬三千五百六十八圓。

就算有人要來偷，自己能被奪走的東西也只剩下這樣而已了。而且，他剛剛是不是說，只要被限制行動幾個小時，就有一萬元可以拿？

況且，桐子根本就不怕被抓。不如說，她很想犯下重罪被逮捕。說不定根本就沒有什麼好怕的呢。

「可以再讓我考慮一下嗎？」

「咦？啊啊，好啊。那妳想好再打給我喔。啊不過，因為是有關詐騙的事嘛，所以也不要隨便跟別人說啦。」

「我知道。這個你不用擔心。」嘴上是這麼說，但桐子其實在思考，這種事情，到底該找誰商量呢。

來到了開辦講座的咖啡店前，雪菜面朝另一個方向，輕輕握了握桐子的手。

「那我就在對面那邊的咖啡廳等妳喔。」雪菜一臉理所當然的表情，用鼻尖指著對面的連鎖咖啡廳。

「好。」

「如果發生什麼事，就馬上聯絡我喔。我就會直接衝進去，還可以立刻報警。」

「妳放輕鬆啦，不用這麼來勢洶洶嘛。」

「妳手機要記得放口袋喔。不管發生什麼事，反正就先跟對方說『拜託先讓我去個廁所』，然後妳就打電話。如果真的很糟糕的話，不要只打給我，也要同時打給警察喔。這邊的地址妳有記起來了吧？」

地址是秋葉傳過來的，雪菜讓桐子默背了好幾次。

「雪菜呀，妳真的是很聰明懂事耶。」

「之前有一次，我朋友去應徵一個怪怪的打工，那時候我也是這樣。」結果那是一個要穿著制服幫男人按摩的地方欸，雪菜喃喃說道。

「那種地方，雪菜妳自己應該也沒有去吧？」

「我才不會去做什麼女高中生制服店咧。」

桐子還在思考制服店指的是什麼意思，雪菜已經揮著手說掰掰，走進了對面的咖啡廳。辦講座的這間咖啡店裝潢刻意弄得很復古。窗戶是霧面玻璃，刻意做成從外面看不進來的樣子。

昨天晚上，跟雪菜提到了這個兼職的事情，雖然她也說「好可疑喔～」，但另一方面兩人也得到了「可是一萬圓真的好多」的共識。再說了，越是可疑，也越有可能接近桐子的目標——「被捕」、「坐牢」，這點兩人也都同意。

「詐欺這種事，其實是重罪呢！聽說不能易科罰金，而是處十年以下徒刑喔。」雪菜馬上就上網查了。

「那樣說起來到底算真的重判呢，還是其實很輕呢？」

「跟之前的高利貸比起來算是判很重了吧？」

「可是啊，」桐子思考了一下。「詐騙主要是指騙錢吧？也就是說詐欺師們最想要的就是錢了不是嗎？這樣的話，如果用罰金把騙來的錢收走，應該也會有人覺得比坐牢難過得多吧？雖然坐牢也是該坐，但應該要規定詐騙的罰金都要超過百萬圓以上之類的，這樣才能減少詐騙吧？」

「這樣喔……刑罰這種東西還真有意思耶。」這個國家的法律啊，看來還有很多改善空間嘛，雪菜雙手抱胸，這麼說道。

最後，她們討論的結果是，讓放學的雪菜跟著一起到店門口作為前提才能去。

——發生什麼事的話，總而言之，先進廁所。

一邊回想著和雪菜約定時的情況，桐子把手放到門上。感覺心情出乎意料地平靜。

店內十分寬廣，以桌子為單位被隔成大約二十個左右的小區塊，最深處的角落裡坐著一個女人，她輕輕地舉起手，出聲喚道：「一橋小姐。」

對方看起來大方又親切，桐子稍微鬆了口氣地走向她。那位女性的面前，已經坐了一個和桐子差不多年紀的老年女子。

「妳是一橋小姐吧？想喝點什麼呢？我們都點了熱咖啡，一橋小姐妳要……」

「那我也熱咖啡。」

「唉呀，妳不用顧慮我們唷。看妳想喝什麼，都可以點，都算我的。」

「沒有沒有，真的熱咖啡就好了。」

「好喔。」

女子再度舉起手請店員過來，加點了一杯熱咖啡。

她的一舉一動都高雅得恰到好處，桐子打從一開始就感受到一股壓倒人的氣勢。在等飲料送上來的時候，她們互相自我介紹。

說是工作坊，成員也就只有她們三人……也就是說學員就只有兩人啊。

「一橋小姐叫什麼名字呢？桐子是嗎？那就叫妳桐子小姐可以嗎？這位是里中清子小姐。」

女子用塗著指甲油的手指優雅地指向桐子身旁的女性。她好像也顯得畏畏縮縮，不知所措地低下頭來。一件厚厚的羽絨外套掛在椅子上，她身上穿著的毛衣比外套還膨。不知道是不是熱昏頭了，只見她頻頻拿手帕擦著汗。除此之外，就是個沒有什麼特色的女人。

「雖然我想妳們應該都聽過我的名字了……我就是小池由香里。請多多關照。」由香里恭謹地行了個禮，桐子和清子也連忙跟著照做。

也就是說，這個人果然就是秋葉的「大哥」以前的女人了吧，桐子心想。之前聽說是八十歲了，但實在看不出已經這把年紀了，甚至還以為不是秋葉說的那個人呢。兩個人坐在一起，搞不好桐子看起來還比較老。如果被那個超市的竊盜調查員海野小姐看到了，不知道會覺得她幾歲呢。

由里香的頭髮染成了棕色，長相白白淨淨，笑起來還看得見酒窩，妝雖然有點厚但不失格調。藏青色的無袖上衣，光是肩膀部位的作工就彰顯著那並非廉價之物。要是沒有聽說她以前的身分，光看長相，如果說是個普通人家的太太也說得通。最重要的是聲音十分動聽，很有教養地、小聲地說話，卻傳達得很清楚。

說不定她當過演員或是女主播呢。年輕的時候應該是什麼都不做就很引人注目的類型吧。

「那個，今天專程把妳們找來這裡，真不好意思呀。」

由香里啜飲著端上桌的咖啡一邊說道，動作依然是一派優雅。然後她說起了桐子從秋葉那邊聽說過的故事……晚上賣酒、白天賣保險，曾經一度嫁給了非常有錢、年紀又比自己大的男人，但五十幾歲的時候對方就過世了，從那之後就一直過著沒有工作的生活，她把這些都說了一遍。

「唉呀，我還以為老師您曾經是女明星之類的呢。」桐子並不是出於客套才這麼說。

對方則報以微笑：「啊，好開心哦。其實我還是學生的時候，也曾經站上舞臺過呢。」

「是說啊，妳們之前應該有聽說過一個從好幾個男人身上挖了非常多錢，然後殺了好幾個人的女人吧？」由香里啜了一口咖啡，說出了這個問句。

這讓桐子沉吟著想了一下。好像前不久確實有看到這樣的新聞，桐子想起來了。

「妳們應該有印象吧？」

她看向自己這邊，因此桐子回答：「……我記得，好像是叫做笹井玲奈嗎？」

桐子記得自己當時在看電視的時候，心裡的感覺是：光是這個名字聽起來就和她做的事情一樣冷酷無情。那個時候，她的名字被化稱為「莎莎雷娜」，在時事節目上紅極一時。

「對、對。像那種女人，最差勁了！最糟糕的那種糟糕。」

是沒錯，殺了人的女人當然是最糟糕的那種糟糕。

「不能真的搞到殺掉別人嘛。就算不做那種事，也一樣拿得到錢啊。應該說，本來就不應該挖錢挖到非得殺人不可的地步呀，在那之前就該停手了。這就是點到為止的美學啊。」

結果她罵的方向跟桐子原先預想的完全背道而馳，說不出話的桐子只能在心裡發出「咿欸欸？！」的慘叫聲。點到為止？美學？這是在說什麼啊。

「比方說，想拿多到會讓家人或周遭的人起疑的鉅款，或是搶走人家的房子也都是不行的。那樣會鬧上警察局的啊。」

此時，坐在桐子身旁的清子竟然從包包裡拿出記事本，開始專心地做筆記。

「還有啊，這一點雖然是因人而異，但基本上來說是不可以上床的。因為就算不做那種事，也一樣拿得到錢。我之所以會覺得笹井玲奈實在是太糟糕了，一部分也是因為這一點。用上床來拿到錢，我本人是絕對不會認同的。」由香里皺起眉頭。

桐子從差不多同年齡的女人口中聽到「上床」這種用詞，再次在心裡發出了「咿！」的慘叫聲。桐子本人在這一生中，從來沒有把那種話說出口過。

「當然，如果是為了做效果，有時候是可以用。不過，那是最後的手段了，要很確定可以拿到百萬圓以上的金額才可以。自己的身體當然不能賤賣。不過，絕大多數都不需要用到啦。就算不做那種事情，也可以很輕鬆地拿到幾十萬，不，幾百萬都沒問題喔。」

感覺好像聽見清子咕嘟一聲吞了口口水。

「我在這邊想要教給大家的，其實是女人靠自己一個人也能活下去的方法。在這個艱難的世界，要一個人生存下去，真的很不容易呢。」

桐子還沒來得及思考，便點了點頭。關於這點，她可是每天、每天都切身感受。

「那麼各位，準備好了嗎？接下來，我要進入正題了哦。」小池由香里稍微做了一點戲劇效果地說，同時微微一笑。「我在這邊要傳授給各位的，就是從男人身上把錢榨出來，又不至於被逮捕的方法喔。」

聽說是詐騙，原來是真的啊。桐子看著由香里的臉，在心裡想道。

「如何？」桐子來到會合的咖啡廳，雪菜從自己正在讀的書裡抬起頭。「妳去好久喔。我很擔心耶，就差那麼一點，我就要衝進去了說。我擔心得連書也看不下去啊。」

「啊啊啊啊。」桐子像個精疲力盡的戰士，往雪菜面前一坐。

「好累啊……」

「妳還好嗎？」雪菜連忙跑到櫃檯，點了一杯可可亞回來。

「喝這個吧。」

「謝謝。這杯多少？」

「這種事情就先別管了啦！」

桐子雙手捧起了裝著可可的杯子，咕嚕咕嚕地喝下肚。

「哈啊啊啊。」

「小桐婆婆，發生什麼事了嗎？」

感覺到甜滋滋的液體慢慢地流入胃裡。腦袋也逐漸恢復清晰。

桐子這才發現，不單是那個小池由香里所說的話讓心神遭受了不少罪，實際上自己也確實血糖過低了。

「那些人啊，真不得了。」

「那……些人？妳是說，去參加工作坊的那些人嗎？」

「對。」

桐子不禁看了看四周。雖然應該不會發生那種事，但如果清子就在附近的話，情況會變得很複雜。不過現場只有幾個年輕人，看起來是認真念書的大學生，除此之外都是上班族，沒看到什麼有印象的面孔。

「與其說很不得了，不如說好可怕啊。」

「所以到底發生了什麼事嘛？」

「真的是在教人從老男人身上榨出錢來的方法耶。真的是在教這個的。」

「也就是說，真的是詐騙？」

「該說是所謂的婚姻詐騙呢，還是其實算美人計呀……」

桐子回想起剛才聽來的說法。

「首先，要到什麼樣的地方才能找到好騙的男人……也就是我們的目標呢？我們要從這邊開始。很明顯地，醫院、美術館、博物館、歌舞伎表演、品酒會等等都很不錯……因為這些地方會有很多孤獨的有錢人。最好找那種沒有跟小孩住在一起、老婆又先走一步的獨居老人。找到這種老人跟他培養感情，接著就慢慢地把錢拿過來。」

「那種事情，有那麼容易嗎？」

「怎麼說呢……」

桐子又想起小池由香里說的話。

「妳不用長得很漂亮沒關係。應該說，要是太漂亮，反而會讓對方起疑、心生警戒。再來，妳要懂得把對方捧得高高的。我全靠你了呀、我沒有你不行呀，說些像這樣的話，讓他感覺被捧上了天。至於拿錢的理由，不管說什麼都可以。比方說，最常用的就是付不出醫藥費、孫子生了重病、沒有錢繳兒女或是孫女的學費之類的吧。然後，再一直跟他說我只能靠你了、除了你之外我根本沒辦法跟別人借錢之類的，多說幾次，讓對方的自尊心整個膨脹起來。」

「那個……」清子從記事本裡抬起頭，問道。「可是，借了之後就還不了了呀……萬一對方要求把錢還回去的話，該怎麼辦呢？」

「所以啦，最重要的就是一開始就要講清楚自己沒錢。因為沒錢所以還不出來，根本不知道什麼時候才能還，這部分要先說得很清楚哦。一定會有那種男人，就算這樣還是會借妳錢。」

「如果對方要求要有肉體關係的話又該怎麼辦呢？」

「這一點也是一開始就要講清楚了。可以說妳腰不好所以沒辦法上床，之類的。已經不想再婚了這種話也要坦白說出來。可以跟對方說接受一起生活，但是因為前夫的種種已經不想再結婚了。這樣的話，就不會變成結婚詐騙喔。反過來說，搞不好還會吸引到一些超積極的人，他們會想：『那就讓我來重新燃起妳結婚的衝動吧！』遇到這種人，就更容易從對方身上挖錢了。」

原來如此，太有道理了，桐子不禁跟著點了點頭。

「真的會有男人想跟我這種人交往嗎？是因為老師妳是個美女，所以才能做到這些吧。」清子外表看起來沉穩，問題卻意外地多。看來可能是不問到清楚為止就沒辦法輕易行動的個性吧。

「目前為止，妳有過戀愛不順利的經驗嗎？」由香里反過來問她。

「那當然有，年輕的時候我每次都是單戀。」她的聲音聽起來很難過。

「那是因為妳一直想找自己喜歡的人交往啊。我已經強調過很多次了，我們並沒有真的要跟目標交往，更沒有要結婚。所以從喜歡上自己的男人當中去挑選就可以了。只要妳不喜歡對方，談戀愛就會變成一件很簡單的事喔。一旦對方開始喜歡妳，接下來的目標就只剩下讓他對妳無法自拔了。妳這輩子，有沒有被自己完全沒興趣的男性不厭其煩地騷擾的經驗呢？以往遇到這種事，通常都會因為不想惹麻煩而拒絕吧。不過今後，那樣的男性就是我們的目標。」

就算是戀愛經驗屈指可數的桐子，年輕的時候也至少被邀約過幾次。因此她不禁點頭認同。

「也不需要刻意改變自己的容貌。只需要找到愛著現在這樣的自己的人就可以了。因為啊，妳並沒有必要和那個人交往或是結婚嘛。所以不管對象是多噁心的醜男都沒關係。反正都只是為了錢才接近人家而已。甚至可以說，越是討人厭的男人，妳拿他的錢就會拿得越沒有罪惡感。」

欸欸欸欸，清子發出了幾乎像嘆息一樣的贊同聲。

「胖一點的女人也有男人會愛，土里土氣的女生也是某些男生的菜。不是我們要迎合對方，我們要做的是等待對方來追求自己。不過，乾淨整齊是很重要的，自己的皮膚跟頭髮還是要保養好喔。」

此時由香里一把拿來桌上的紙巾，再從包包裡拿出看起來很貴的鋼筆，在上面大大地寫下了：財產。

「要知道能從對象身上挖出多少錢，記得確認這一點是非常重要的事情。可以大概抓對方財產總額的百分之十到二十做為基準。只要在這個範圍內，就不必擔心警察進來插手。這種程度的話，基本上也不太會去跟家人、兒子之類的商量。男人都很愛面子，本來就很少跟別人討論戀愛或是財產的話題。然後，在我們脫身之後，男人因為不想被別人覺得自己被甩了，也幾乎不會去跟別人說。所以說請把預算抓在財產總額的十%、最多不要超過二十%去處理。如果對方有三千萬的資產，那就可以大概估個六百萬，但是基本上，差不多一個人拿個三、四百萬剛剛好。遇見對的人、兩個人開始約會之後，就要毫不猶豫地盡早問出他目前住在哪裡、住的地方大概多大、房子是不是自己的、退休金大約多少，這些都要趕快問清楚。」

老人會有那麼多的資產嗎……的確，如果在東京擁有一棟獨棟的房子，光是那房子就值幾千萬了。

接著，由香里在「財產」旁邊又大大寫下了「罪惡感」。

「有罪惡感是不行的。因為罪惡感是一種很強烈、很強烈的情感，它會侵蝕妳、將妳導向失敗之路。明白嗎？一無是處的老男人如果以為和女人看對眼了，還可以全身而退，那才是他誤會了。我們是有價值的，他們想和我們共度美好的時光，就得付出相應的價碼才可以！」

「我明白了！」清子很大聲地回答道，連桐子都嚇了一跳。「我竟然一直一直都在忍受著這些不合理！」

「沒錯，妳是非常有魅力的喔。」由香里也看了看桐子這邊。「一橋小姐妳也是唷。」

「謝謝妳。」

回過神來才發現，自己已經低下了頭。

「雖然感覺像個傻瓜一樣……可是，當她那麼說的時候，我還真覺得有點爽快。」桐子想起當下的心情，對雪菜坦承道。

「究竟是為什麼呢？可能是因為我們這個年代都還是以男性為尊，世界繞著男性旋轉吧。然後，她對我們說：『妳是有價值的。妳做為一個女人、做為一個人，就已經是一件很棒的事了。』聽起來當然會覺得很受用。上一次被別人那樣讚美都已經不知道是多久以前的事了。先不討論犯罪的部分，也許像那種事情本身，才是人們會想去工作坊或是講座課程的原因吧。就是一瞬間讓妳看見光明未來的那種感覺。」

「那位老師就是靠這種事情賺大錢的嗎？她在唯二的兩個學生面前這樣說？」雪菜歪著頭說道。

「我也不知道耶。雖然不知道她說的到底是不是真的，不過由香里已經有房子，也有財產，幾乎可以不用工作了才對，不過她說她是為了幫助其他女人才做的。」

「不過，她教別人這種事情……難道都不怕被抓起來嗎？」

「她說了好幾次，詐欺罪要成案很困難，更何況只是聊天講話的話，更不用怕被定罪吧。目前好像也是還在試水溫，她說之後還想辦更大的研討會呢。而且還不只是這種講座，還有那種可以討論、解決其他疑問的個別指導課程，聽說那個每個月要三萬圓耶。不過說是因為真的會把妳教到可以從男人身上拿到錢，所以絕對不會虧。清子已經留下來說要繼續多聽一下了。」

「唔嗯。原來如此，原來是靠那種個別課程在賺錢的嗎。」

「我這一次雖然是別人幫我付錢的啦，可是我覺得真的有值得一萬圓的感覺耶，而且還滿好玩的。那個清子也是，我感覺她好像也不只是為了想學詐騙才去上課的，也可能是想跟那麼有魅力的人多說一點話吧。」

「唔嗯。那，小桐婆婆，妳想試試看詐騙嗎？」

「不知道耶。畢竟這個工作坊都只教人家不會被抓的方法嘛，看起來詐騙這種事還真的意外地很難被逮捕耶，而且我的原則是不要給別人添麻煩……再說，我覺得我根本就沒有可以好好騙過別人的才能啊。」

「就是說呀。」

「而且我已經從三笠身上看到被拋棄的男人會有多失落……對了，還有啊——」

「怎麼了？」

「我在聽那個課程的過程中啊，就在想說，那個人……我是說那個薰子會不會是也參加了這個工作坊呢。妳看嘛，由里香教我們金額大概抓個四百萬左右，這點薰子也差不多，然後她做的事情也幾乎都跟由里香教的一樣。我一邊聽課的時候，就一邊覺得，這些事情好像在哪裡聽過了耶。」

「這樣子喔。也不是沒可能欸。欸不過，結婚詐騙這種事啊，搞不好也是大家都走同一個套路啦。」

「老師也是這麼說的，這種程度的小額詐騙，其實比大家想像中的還要常發生很多呢，只是都沒有浮上檯面罷了。」

「啊啊，這麼說來，跟犯罪沾上邊的門檻好像整個降得很低啊。」

「我看我乾脆去跟那個老師問問看好了。就假裝若無其事地問她說，老師妳認識薰子小姐嗎，她說她也想知道這個講座的事情耶……之類的。」

「小桐婆婆，妳說妳騙不了別人，可是，我看妳好像變厲害了啊，說謊越說越順了。」

「妳亂講啦～」桐子開玩笑地作勢打了雪菜一下，其實心裡也對自己的變化感到吃驚。自己現在每天過著的日子，確實是跟知子一起住的時候連想像也不曾想過的生活。

參加工作坊後過了幾天，桐子到三笠隆的家中拜訪。自從上次聽他說那些事情，已經過了約莫兩個禮拜。

從那天開始桐子一直在想，薰子一定是帶著某種企圖接近他的。對於這點，桐子越來越確信了。

她事先打過電話到三笠家中，但一樣沒有人接，行動電話也沒有接，就連傳了簡訊也沒有收到回覆。但是桐子想，如果他有別的事，應該會回覆說自己還有事吧。桐子想著，如果對方不在就直接回家也沒關係，還是決定去拜訪看看。

和之前一樣，她來到了公寓的五樓。

輕輕地敲了敲門。沒有回音。又按了電鈴，也沒有任何回應。

桐子打算回家的時候，突然靈光一閃，直接握上了門把，沒想到默默地一轉就打開了。桐子嚇了一跳，把門拉開。

「三笠先生？」她小聲地對著屋內喊道。明明是日正當中，屋裡卻燈火通明。

「三笠先生？三笠先生！三笠先生，我進來了喔！」

總不能就這樣把門開著，然後自己跑回家吧。桐子馬上脫了鞋入內一看究竟。經過走廊的時候，也一邊喊著「三笠先生、三笠先生」，一邊小跑步。

桐子打開了通往最裡面客廳的門，吃驚地發現，三笠隆就保持著跟上一次來的時候一樣的狀態，坐在沙發上。

「三笠先生！」

他很慢很慢地把頭轉了過來，說：「啊啊，是一橋啊。」

桐子這才鬆了一口氣。

「三笠先生，你沒事吧？我按了好幾次電鈴，還喊了好多次耶，因為門沒鎖，所以我就擅自進來了。不好意思。」

「沒有關係。」三笠緩慢地說道。他身上的衣著似乎也和桐子上次見到他的那天一模一樣。

今天他看起來整個很沒精神，眼神也了無生氣，難道是感冒了還是怎麼了嗎？桐子猜測著，坐到他的身旁。

「三笠先生，那個，關於薰子小姐的事……」

桐子覺得他會很難受，實在無法直視他的臉。她任由自己垂下了目光。

「說不定，有可能真的是詐騙的樣子。」

桐子說出了在四季整復所聽說的那些事情。

一口氣說完，抬起頭來準備問一句「你怎麼看？」的時候，卻看到他已經睡著了。維持著雙手抱胸的姿勢，脖子已經一頓、一頓地打起瞌睡來。

「三笠……先生？」

說到一半的時候，就已經覺得他幾乎沒什麼回應，桐子還想說，他一定是受到非常大的打擊，一定很不好受吧。

明明在說這麼重要的事，竟然睡著了……桐子覺得這個場面已經超過令人困惑的程度，總覺得他的樣子甚至有點詭異。她只能盯著三笠的睡臉，束手無策。

第五章　綁架

結果，桐子雖然覺得很在意，後來還是把三笠放著沒有管他了。

對於最後直接睡著的三笠，桐子對自己解釋，他一定是受到太大的打擊才會那樣，之後就趕緊回家了。

「那、我今天就先告辭了喔。」

就算桐子打了招呼，三笠還是連頭也沒有抬起來，樣子實在太過怪異，桐子便沒有再多做嘗試。

隔天還是試著撥了他的手機，但始終沒有人接。那幾天，他的情況讓桐子擔心到不行。

——沒有消息就是好消息，也可以這樣想吧，搞不好也有可能，在那之後，那個女人就回來找他了也說不定啊。

這種時候總會下意識往好的方面想。

把那時候不好的預感往心底某處趕去，要想好的、要想好的。

另一方面，他畢竟是自己不久前喜歡過的男人。想到他不知道是不是過得太幸福、其實正整天打得火熱的話，也還是令人火大。

——就算是這樣，好歹也打個一次電話過來吧。

這樣一想還是覺得很生氣，某方面來說，其實也有一點為自己找藉口的感覺——反正對方也沒有聯絡啊。於是就這樣把三笠放著不管了，同時又覺得這樣的自己很糟糕。

——真是拿他沒辦法。還是做好被曬恩愛的覺悟，再去他家一次看看吧。下次休假的時候就去。

正當桐子還在忙著處理自己複雜的心情，事情就在這個當口上發生了。

她結束打掃的工作，到了休息室準備換衣服，打開包包時，發現手機上出現了俳句社的友岡明子的未接來電。不尋常的是，竟然有三通。

桐子的胸口突然刺痛了一下。應該是某種第六感吧。有種不好的、不祥的預感，在回撥電話之前，就已經察覺到「一定是三笠出事了吧」。

雖然知道是兩個禮拜以前的事，卻覺得有種好像已經無視三笠更久的罪惡感。

「啊啊，是一橋啊！應該我打給妳就好的，還讓妳回撥過來真是不好意思。」不愧是深諳世道的明子，首先還先致歉。

不過，桐子想得沒錯，這次非比尋常。在回話之前，明子就像咳嗽停不下來般繼續說道：

「妳聽說了嗎？三笠先生他昨天，被送進醫院了。」

「咦咦咦？」

「跟我們一起參加俳句社、住得離三笠先生現在的公寓很近的江田先生跟我說我才知道的。昨天晚上，他聽到救護車的警笛聲從家門前呼嘯而過，嚇了一跳，便起來看看，就看到三笠先生被抬出來了，今天早上他就打電話跟我說。」

「那，是什麼病呀？」

「這個嘛，江田先生好像也不知道這麼多的樣子。就只有跟我說三笠先生被救護車載走了而已。江田在三笠搬到那邊之前，幾乎沒有跟他講過什麼話，搬過去之後，說是平常也沒有什麼交集的樣子，所以江田才會說他就沒管那麼多了。」

桐子模模糊糊地努力回想起江田的臉。是一個每次社團時間總是最早到、安安靜靜坐在最後面角落位子的老人。身形矮小、曬得很黑，給人一種老當益壯的感覺。俳句的部分倒是沒什麼印象。好像也不是會自己主動上前發表作品的類型。

在社團裡，他和三笠或自己都分別屬於不同的小組，幾乎沒什麼說過話。不過，既然也不是什麼敵對關係，至少碰到面還是會打招呼，總覺得他那麼說實在有點不近人情，但他也有自己的理由吧。

實際上，雖然說來奇妙，但不管是哪種社團都一樣，女性參加者之間通常都比較會聊天，男性和女性如果合得來的話，也會有像桐子她們和三笠這樣變熟的情形。但是，男性之間就意外地幾乎不會交談，大家多半都是各自獨處。像三笠那樣會跟女性說話的人還好理解一點，但讓人實在不知道他們到底為什麼會來參加的人也不在少數。

江田會說「平常沒什麼交集」，可能也跟這一點有某種程度上的關聯。也許對他來說，三笠就是那種「一天到晚在跟女人講話的傢伙」吧。

聽著明子說話的那一瞬間裡，桐子就想了這麼大一圈。

「三笠先生，聽說被送醫的時候是自己一個人啊，那也就是說，那個，新的太太啊……應該說同居的對象，大概是還沒有回家吧。」

「關於那個……」桐子找不到合適的字眼，一瞬間沉默了下來。

到底該跟明子說到什麼程度呢，實在難以衡量。三笠之前有拜託她先不要說出去，可是現在狀況都已經這樣了……再說桐子明明沒能為他做什麼，卻這樣替他操心。

「其實啊，我被三笠下了封口令……」不小心就說出了這種聽起來像藉口的話。「那位女士，其實應該已經很久都沒回去了，聽說還根本找不到人。」

桐子把自己去整復所調查來的事情和關於錢的事情都簡略地說了一遍。

「原來發生了那種事情啊，真是辛苦他了，一橋妳也辛苦了。」還好明子並沒有繼續往下問更多。

「遇上了那種事的話，究竟該怎麼辦才好呢。」

「就是說啊。」

兩個人都沉默了一陣子。

「不然再觀察一下……之後如果知道他在哪裡住院的話，我們再去探望他吧。」明子這麼提議道。

桐子心裡非常清楚那樣才是合乎情理而且十分體貼的行動。可是，桐子覺得心裡畢竟有那麼一點疙瘩。而且，自己在他出事之前才剛去找過他。

「我這邊……會先自己調查看看的。看他是住在哪邊的醫院、病情怎麼樣，然後去拜訪一下江田先生，或是去公寓那邊看看……畢竟有點擔心，之前也受了他諸多照顧。」

「那如果妳有什麼消息的話，也跟我說一下好嗎？」

「當然沒問題。」

沉。

她們討論完之後，桐子便帶著一盒點心去江田家裡拜訪，並且向他請教了更詳細的狀況。

他家在三笠公寓的斜對面，有著一個寬廣的庭院，是一棟傳統的木造日式建築。被木製的圍籬包圍一整圈的家看起來相當氣派。還好有從車站前的點心店買禮盒帶過去，桐子撫著胸口慶幸。

「啊啊，三笠先生啊，聽說好像是附近鄰居注意到他報紙堆了好幾天都沒拿吧，就有去跟房東說。進去一看發現人已經倒在地上了。唉，還好是還有呼吸啦。」

來到玄關應門的是江田本人。屋子深處也感覺沒有別人的氣息。江田穿著像運動服的衣服，外面加了一件傳統的日式背心。單純是這樣的話，看起來就是平凡無奇的一般老年男性在自己家裡的穿著，沒什麼好說的。但是，他白色的襪子上面破了個洞。桐子並不想看他乾裂的大拇趾趾尖和趾甲，但在談話間還是被迫一直看著。

「您知道得很清楚嘛。我之前聽明子說江田先生您並不是很清楚呢。」

「後來啊，那棟公寓的房東鳥飼先生有來跟我們稍微說一下啦，畢竟驚擾到大家了。」

「他是什麼樣的症狀呢？」

「好像不是什麼特別嚴重的病，就是稍微有點高血壓，然後加上感冒，還有點脫水之類的吧。現在好像是在縣立醫院裡做進一步檢查的樣子啦。」

江田沒有邀請桐子進到屋內，兩個人就坐在玄關處說話，也沒有泡茶招待。從這一點看來，果然是一個人獨居的樣子。桐子就和他一起坐在玄關。

「在縣立醫院啊。」

縣立醫院原本位於其他地方，幾年前，遷移到之前桐子和知子一起住的獨棟房子再過去一個公車站附近。

桐子稍微致意，拿出記事本記了下來。

「那位房東也是認識的人嗎？」

「嗯。那棟公寓不是分售的，本來就是蓋來租人用的。鳥飼先生他大概是到十年前為止都住在那邊吧。本來不論是大小還是屋齡，都跟我家差不多，他把它改建成公寓，現在和兒子、媳婦一起住在車站前的別間公寓裡。」

「那他都自己打理嗎？還是有拜託哪裡的不動產業者幫忙或是找物業管理呢？」

「大概是那個吧，就是，妳知道，那個車站前的那間。」他說出了桐子之前也去委託過的、相田任職的那間不動產公司的名字。「這一帶啊，全部都是找那邊處理的啦。」

「對啊。我之前也有拜託過他們。」

「我之前就覺得他那樣一定會出事啦。都已經搬到這種近在眼前的地方來了，竟然連一聲招呼也沒過來打一下，整天只知道跟在女人後面轉。」

桐子曖昧地笑了笑聽過去。

「有一次，在路上碰巧遇到的時候，他是有跟我說『這是我太太薰子』，可是救護車來的時候不是沒看到人嗎？他們那到底算是什麼關係啊。」

「唉呀，就是說呀。」桐子實在什麼也說不出口，只能岔開話題。「那江田先生您從以前就跟鳥飼先生很熟了是嗎？」

「畢竟是鄰居嘛。不過啊，之前那棟公寓還在蓋的時候啊，住附近的人倒是都覺得蓋成那樣太花俏了，蓋得簡潔俐落一點不是很好嗎？鳥飼先生不是什麼壞人啦，但是他們家媳婦喔，怎麼說，就是個比較虛榮的女人啦。我家老太婆還活著的時候，還在那邊嫌棄，說蓋成那樣看起來根本就像那種怪怪的賓館嘛。」

這附近一代可以說是東京的近郊，人與人之間的關係有時候算是有點冷漠。不過，從以前就住在這邊的人們對彼此的事情還是滿關心的樣子。

「您的太太，已經過世了呀。」

「嗯，兩年前突然走的。」

「您請節哀。抱歉，我先前都不知道……」

桐子這時想起，這樣說起來，他加入俳句社也正好是那時候的事。

「沒有拖到需要看護的程度，就那樣突然走了也是很好啦，但是被留下來的人可就有得受囉。」

雖然他裝出一個瀟灑的笑容，但看得出當中浮現的寂寞。

「您說得是。」

「妳也是一樣吧，那個之前都跟妳一起來的朋友也走了……」

「您是說宮崎知子吧。」

「對，妳也不容易啊。」

被人這麼說上一句，沉寂的空氣流動了起來。

「是啊。」

「她還是個美女呢。」

欸，桐子不禁重新看了看他的臉。從知子過世了之後，就沒聽過異性這樣說了。

「不是啦，就她個子瘦瘦高高，又很開朗，覺得好像是油菜的花一樣亮眼的人啊。」

油菜的花……桐子覺得這是很棒的讚美。那樣說著的江田低著頭，有點害羞。

「謝謝您這麼說。知子如果還活著的話，一定也會很開心的。」

桐子的目光又飛回襪子上的破洞。要是住在附近，就可以幫他補一補或者是帶雙新的襪子來當作謝禮送給他了……桐子發現自己在聽他說完話後，跟之前用完全不同的眼光在看待這件事。

三笠先生……雖然想開口叫他，但還是把那口氣吞了回去。

橫躺在床上的三笠正閉著眼睛，睡得很熟。

桐子靠近他坐了下來，望著那張睡臉看了好一陣子。

老人的睡臉，桐子已經看得很習慣了。因為之前照顧過生病的知子。

雖然是這麼說，但在做完入院檢查，一診斷出是「癌症」之後，她的兒子們就馬上趕過來了，然後態度強硬地說：「接下來的事情交給我們就好。」所以之後桐子能做的也就只是去探病而已。

——人老了之後，為什麼連睡臉都會變得這麼扁平呢。

桐子回想起三笠在不久之前把自己約到咖啡店、跟她介紹薰子那一天的事。

雖然那天的他有點面目可憎、太過亢奮又輕浮下流，實在不忍直視，可是，今天回想起來，就變成很有精神、活蹦亂跳的樣子。桐子甚至有點希望他可以再變回那個惹自己氣惱的樣子。

——我寧可你讓我生氣火大，也不要讓我傷心難過啊。

不過，或許人老了也就是這麼一回事吧。

將近一個小時過去了，三笠翻了個身，醒了過來。他有點茫然地看著桐子。

「三笠先生。」她試著叫喚他，但他的眼神還是像隔著一層紗。「我是一橋桐子。你現在覺得怎麼樣了？」

「啊啊。謝謝妳的關心。」他的嘴巴張不太開的樣子，發出了很小很小的聲音。而且也只是反射性的回答而已，感覺似乎並沒有明白別人說的話。

「三笠先生，你認得我是誰嗎？就是跟你一起去過俳句社團的一橋啊。兩個禮拜前有去你家拜訪過呀？我還跟你說了薰子小姐的事情，你還記得嗎？」

三笠只是茫然地看著她。

「薰子在那之後，還是沒有跟你聯絡嗎？」

他左右搖了搖頭。看來是沒有，應該是這個意思。

儘管只是這樣，看他至少還有一點點反應，就讓桐子稍微安心了一點。

「有沒有跟沖繩的兒子聯絡過了呢？」

還是一樣，只是用茫然地眼神看向說話的人。

桐子無可奈何，不禁深深地嘆了一口氣。

三笠似乎注意到了，拖著嗓音說道：「不好意思啊。」

桐子忍不住笑了出來。

不好意思，這麼說到底是什麼意思呢。害妳嘆氣真不好意思，是嗎？還是說，只是覺得需要對現在的情況說句不好意思而已呢？

「沒關係啦。我會再去跟護士小姐問一下情況的。」

不對喔，現在應該要叫人家護理師才可以吧。桐子自言自語地來到走廊上。但是，到了護理站表明想知道一下三笠先生的情況之後，對方卻堅持不是親人就沒有辦法說明。只得到了一個情報，就是從以前就負責三笠的個案管理師目前已經和醫院的社工在針對今後的事情做一些討論了。

之後，桐子聯絡明子和她說明了情況，這次兩個人一起來探望三笠。

三笠還是跟之前一樣沒什麼精神，對桐子或明子也只是用「謝謝」或「是啊」之類極少的詞語來回應，沒辦法確定他究竟認不認得她們。

桐子和明子一起去向護理站打聲招呼，甚至還自我介紹是從「俳句社」來的朋友。在明子遞上哈根達斯冰淇淋禮盒的時候，對方雖然一邊說著「您不需要做這種事情的」，但還是收下了。

「最近的護理師明明都不太收禮物了不是嗎。」回到病房，桐子有感而發。

「哈根達斯就另當別論啦。一般他們都會收下哦。」明子笑著擠了個眼。

「因為很好吃，而且可以直接站在原地吃完吧。如果不收的話還會溶掉，所以他們也不得不收下。」

「唉呀，妳好內行喔。」

「我之前照顧過我婆婆啦。」

聊著這種話題的時候，醫院的社工過來了。不確定是不是哈根達斯發揮了效果，但應該是護理師請她過來的。

對方是一個大約四十歲過半的女性。她把桐子她們叫到走廊，小小聲地問她們知不知道三笠他在沖繩的親人的狀況。桐子把自己所知道的全都告訴了她。她稍微想了想，也透露了一點目前的情況。

該做的檢查已經都做過了一遍，目前沒有查出什麼特別嚴重的病症，所以已經可以出院了，但低燒的情形可能暫時還會持續，也有一點認知方面的狀況，所以會需要大家一起思考今後的對策。

「三笠先生他好像沒有跟自己的個案管理師說他搬到現在住的地方，所以才會那麼晚被發現。」

她只說到這裡，沒有更多了，但桐子推測，應該跟薰子之間的問題也脫不了關係吧。目前需要個案管理師、社工，還有住在沖繩的親人一起討論，看是要讓他再回去那棟公寓，還是要找一間安養機構入住，這就是現在的情況。

「不過，沖繩那邊好像都很忙的樣子。」她雖然說得很模糊，但一聽就知道他們不太願意出力。

桐子和明子一起搭巴士回到車站前，但一路上聊不太起來。看著明子望向窗外發呆的側臉，桐子心想，她一定是在擔心自己晚年的事吧。

去探望過三笠之後，又過了兩個星期。

桐子在工作的午休時間，看到清潔公司的人事部打過電話到自己的手機。連忙把自己做的飯糰塞進肚子裡，才回撥了電話。

「請問是一橋桐子小姐嗎？」是一個以前從來沒有聽過的年輕女子的聲音。

「是的，我是。」

「還沒有自我介紹真不好意思，我是總公司指派的人，我叫做堺屋貴子。這邊是第一次跟您聯繫。那麼接下來跟您說明，打這通電話，是要麻煩一橋小姐下個月進行一個自行離職的動作。」她一口氣說到這邊，便不再說話。

這實在太過突然，而且不管是敬語、禮貌用語、連接的語法都亂七八糟，但是，要傳達的事情倒也很明確地連番說了出來。桐子吃驚得無法呼吸。

長長的沉默，持續了好一陣子。

可是，看樣子對方是不會再說任何話了，桐子只能無可奈何地擠出話來。

「請問這是要我自請離職嗎？現在這個工作……妳的意思是說我必須辭掉現在這個打掃的工作是嗎？」

「是的。」堺屋只回了這麼一句，又不再講話了。一副除了必要的事情，和桐子多浪費半句話都捨不得的樣子。

「那個……請問為什麼我非得辭職不可呢？」

「一橋小姐，下個月您就要滿七十七歲了對吧？」

沒錯。被這個完全沒見過也不認識的女人這麼一說，桐子才第一次發現這件事。最近實在發生太多事了，所以根本沒想起來，下個月的四月二十二日就是桐子的生日。

「是的，四月二十二是我生日。」

「祝您生日快樂！」

自己的生日根本沒有人會記得，沒有人會為自己慶祝。正自嘲想著這種事的時候，突然被說了這麼一句，整個腦袋裡只有更混亂而已。

剛剛才說了希望桐子自請離職的事，現在又說生日快樂，實在不知道她在想什麼。一定是沒有經過什麼思考，反射性地說出來而已吧。以她的年紀來說，只要是過生日就一定可喜可賀吧。

「一橋小姐過往的工作紀錄還有派遣處回報給我們的評價都很好，因此就算這麼高齡也還是讓您繼續工作，這些我都有聽說。只是，從今年四月開始，公司即將要被併購了。」叫做堺屋的女人說到這裡停頓了一下。「您聽得懂嗎？合併的併，收購的購。」

「嗯，稍微可以理解吧。」雖然是這樣回答，但桐子畢竟也在公司上過班，這種事情她還是懂的。

到底為什麼年輕人總是認為高齡女性就沒有在公司上過班，甚至毫無知識呢？先不想這件事，意思是說至今為止服務的公司就要消失了是嗎？

「然後，屆齡退休的，嗯，一橋小姐您算是兼職的部分，所以嚴格來說可能跟退休又有點不太一樣。但是總之，被併購之後，屆齡退休的標準也會變得比較嚴格。而且現在經濟又不景氣，從四月起也有一些配合的地點沒有要繼續跟清潔公司續約，工作量也就相對減少了。所以，我們這邊是希望一律請七十五歲以上的人辭職，這部分是已經確定的。」

「可是……」

派遣合作的地點變少，這是清潔公司那邊自己要去面對的問題吧。

「一橋小姐，妳是這間公司裡年紀最大的兼職人員之一喔。」貴子說道，似乎想表示這就是最主要的原因了。

「我可以跟社長談一談嗎？」

「前任社長的話，也已經離職了。」

「怎麼會……」

「那麼，詳細的相關說明我們會再透過書面的方式寄給您，再麻煩您簽章之後幫我們寄回來。那，之後就麻煩您了。」桐子一口氣都還沒順過來，對方就已經冷淡地道別，掛上了電話。

願意聽桐子說話的只有一個人。

用LINE傳了一句「我好像被要求辭掉工作了」，接著，雪菜一放學就馬上跑到家裡來了。桐子把被要求離職的事情和三笠的事情全都說了出來。

「那個書面文件如果寄來的話，要讓我看一下喔。」

「嗯。不過，其實也沒辦法啦，我都已經這個歲數了。而且她都說了，就連之前對我很好的社長也辭職了。」

雪菜聽著桐子說話的同時，也一邊在手機上搜尋著什麼。

「兼職資遣……就算是兼職，突然叫妳辭職的話好像也違法喔。小桐婆婆，妳有跟公司簽什麼契約嗎？」

「契約？」

「就是妳之前找到這個兼職的時候，有寫過什麼契約書那類的東西嗎？」

「妳這麼一問……」

桐子瞪著空氣思考，卻怎麼也回想不起來。當初只是被夾在報紙裡，大大寫著「歡迎無經驗者！六十歲以上也不拘！」的廣告單吸引了目光，便打電話到上面的事務所。然後就直接被叫去位於池袋的事務所交了履歷，還由社長親自面試。

「一橋小姐，妳之前是個認真的上班族啊。像妳這種人都很有責任感，我很滿意喔。好，妳錄取了！」對方這麼說，「碰」的拍了一下桐子的背。桐子實在很開心。

接著，對方還直接手把手親自傳授她清潔工作的專業知識……雖然是間小公司，但是工作環境很友善。

那個時候，到底有沒有寫過契約書呢……完全沒有印象。

淚水重新湧了上來。

「我真是太沒用了，竟然連這種事情都回想不起來。唉，真的，已經是一個沒用的老太婆了吧。」

桐子把臉埋進以前知子為她繡縫的手帕裡。

「不是啦、不是啦。我也真是的，抱歉問妳這麼奇怪的事情。」雪菜輕撫著桐子的背，念出手機上的資訊。「不論有沒有契約書，只要是突然要求妳辭職的話，好像都算違法喔。」

「真的嗎？」

「說是至少需要在辭退的一個月前通知，不然就要負擔一個月份的資遣費的樣子。」

這並不適用桐子的情況。離她的生日確實還超過一個月，算到四月底的話則是一個半月前。公司在法律上一點問題也沒有，連告也沒有辦法告。

不過，桐子把又快滴出來的眼淚硬生生吞了回去。對於專程幫她查資料的雪菜，她實在感到很過意不去。

即便如此，雪菜一看到桐子的表情，還是馬上就看穿了她的心思。雪菜默默地關掉手機，摟住桐子的肩膀。

「哭出來沒關係的。」

「……我接下來到底該怎麼活下去才好呀。」

「沒事的，沒事的，會有辦法的。」

「噓～噓～」雪菜小聲地安撫，一邊摩娑著桐子的肩頭。就像在哄很小的小孩子那樣。

「……小桐婆婆，之前的事情，妳還有在考慮嗎？」雪菜等了一會兒，桐子冷靜下來之後，她這麼問道。

「之前的事情？」

「就是進監獄的事情。」

「當然有啊。」

桐子嘆了一口氣。

「我甚至都覺得已經沒有別條路可走了。可是，真的有那種不會造成任何人困擾就可以進監獄的方法嗎？」

對於這個問題，雪菜也答不上來。

「真的要被關很～久很久、被關到死的話，是不是真的就只剩下綁架啊殺人這種的啊。」

「那不然……綁架，要不要？」

「欸？」

「小桐婆婆，要不要來綁架啊？綁架我。」

「綁架妳？」

話中的含意一點一點地滲進桐子的腦袋中，桐子的思緒回到眼前的現實。

她直直盯著雪菜的臉，像要把她逼退一樣。雪菜卻緩慢但確實地點了點頭。

「我爸媽啊，是相親結婚的喔。」雪菜嘴裡塞滿桐子做的蒸饅頭，像說故事般說著。

饅頭從紅豆餡到外皮，全都是桐子親手做的。究竟她已經在這裡吃過多少次這種小點心了呢？

「相親……那有什麼關係，我這個年代啊，戀愛結婚的人才少呢。」

「我沒有覺得相親不好啦。就算是相親結婚，也有很多人組成了很美滿的家庭，也有很多人成為很棒的夫妻，這我也知道。可是我家啊，就不是那樣嘛。」

「為什麼這麼說呢？」桐子從廚房拿了蘋果過來，邊削著皮邊問道。

雖然沒了兼職、從今以後也突然沒了收入，這些問題一個也還沒有解決，但很神奇的是，女人這種生物一旦聊起結婚或家庭這類雜七雜八的事情，就很容易轉移注意力。

「我爸是製造大廠的工程師，我媽是廣告代理商的管理職。兩個人都超級無敵忙。他們勉強也算泡沫經濟時期的人吧。兩邊都是透過朋友介紹去相親的。當時，我媽已經超過三十歲，很急著結婚，應該說，可能是很急著生小孩吧。怕再不生就生不出來了。還有，她一方面也是想說，如果不生個小孩，在職場上也很難繼續往上爬吧。」

「嗯嗯。」

「很自私吧。我是為了我媽的生涯成長才被生下來的。」

桐子不回答，只是苦笑了一下。

「然後，她遇見三十歲過半的我爸的時候，就好像開竅了一樣，覺得就是這個人了。」

「啊啊，我知道，就是心裡『嗶嗶嗶』那樣嗎？就是一見鍾情吧。」

「不是不是，才不是那麼浪漫的故事呢。我媽在見過我爸的隔天，就馬上打電話到他上班的地方，問他吃過飯了嗎，直接約他出去欸。因為那時候還不是大家都有行動電話的時代。然後，她一見面就突然開口跟人家說『要不要跟我共組家庭？』這樣欸。」

這不是一段佳話嗎？桐子很想這麼說，但看雪菜一臉就是又要說「才沒有那麼浪漫」的樣子，便沒有開口。

「我媽的說法是這麼一回事，她說自己至今為止也談過不少戀愛，可是，就是都走不到結婚。她也有工作能力、書也讀得不錯，也有朋友，所以就想說自己是不是不真的擅長戀愛。但是又想成家，也想要小孩。她覺得，就算談戀愛沒辦法很順利，但她有信心可以建立一個很好的家庭，畢竟自己會煮飯也會做家事。」

「很了不起呀。」

「實際上，好像是有去一些什麼料理教室啦。可能她就真的沒辦法好好談那種真～的一頭栽進去、交往個好幾年，然後順利結婚的那種戀愛吧，所以就想說直接跳過，乾脆抱著冷靜的心態結婚好了，差不多是這樣。」

「這樣子啊～」這樣子啊，或許結婚也真的有這種形式啊。桐子打從心底感慨，於是吐出了像是嘆息一般的回應。

「我爸當時嚇了一跳，不過聽我媽講著講著就好像覺得這樣也不錯。我爸也是理智派的人，所以對於這種交際，尤其是跟女生交往，實在不在行。聽說只有大學的時候交過一個女朋友，後來出了社會就跟那個人分手，在那之後好像就再也沒交過了。」

「雪菜妳對父母的這些事情，知道得很清楚耶。」

「我媽跟我說的啊。從我十歲那時候她就開始教我一些關於生理期的事情，還有跟男人之間的事情，也就順便說了這些。應該是想讓我知道也有這種思考模式吧。」

這次，桐子沒辦法再簡單說一句「這樣子啊」。她實在想不太明白，像這樣一清二楚地把父母的過去都告訴孩子，到底是不是一件好事呢？

「雖然我爸也是同一套說詞，但是我自己是覺得啊，我媽應該是本來就一直在找可以認同她這種做法的人吧。兩個人見個幾次面，然後把關於家庭、關於金錢觀念、關於工作或是家事分配之類的各種事情都討論過，直到雙方都有共識。然後才結婚、然後生下了我。」

「妳想得應該沒有錯吧。不過實在是滿奇怪的，或者說滿妙的吧，也是有這種想法的人在呢，畢竟兩個人工作都很忙嘛，不過雪菜妳可就辛苦了。」

桐子把削好皮的蘋果切成八塊，放到盤子上，推到雪菜面前。她只稍微點了個頭，也沒有道謝便拿了起來，用漂亮的牙齒大口大口地咀嚼著。那個模樣，彷彿要把自己的父母親給咬碎一樣。

「沒有喔，小桐婆婆，人類是沒有辦法每件事都照自己計畫來的。」雪菜用冰冷著聲音說道。桐子竟有一種正在跟比自己老成很多的人對峙的感覺。

「自己的家庭和其他的家庭不太一樣這點，從更小的時候我就已經感覺到了。因為父母一直都太冷靜，總有種冷漠的感覺啊。後來聽媽媽那麼說，當時我就想說，應該就是因為那樣吧。但並不是，實際上才不只如此呢。上了國中之後，我就開始偷聽爸媽吵架的內容，聽著聽著，終於漸漸明白了真正的原因。」

「是怎麼一回事啊？」

「我媽是跟我爸說過她以前的戀愛經驗很豐富，但實際上可不是那麼簡單就能一筆帶過的事。聽說她從二十幾歲的時候，就開始跟超～有名的攝影師搞婚外情呢。對方可是有妻小的人喔。好像分分合合了超多次，一直藕斷絲連，反正搞得不清不楚的，後來好像是為了心態上想做個了斷才結婚的。」

桐子又一次沒辦法回應了。不論是對她母親說出批評的意見，還是表達贊同的言論，桐子覺得，應該都會對雪菜造成傷害。

「所以就找個人閃電結婚吧，應該可以這麼說。在她結婚、生下我之前，他們的關係好像已經結束了，但是到我差不多上小學的時候，那個男的似乎又開始時不時跑來找我媽。我媽一開始應該是沒理他啦，但是那個男的又是寫信又是打電話的，最後還是被我爸發現了。」

桐子不禁嘆了一口氣。心想雪菜和她的家庭還真不幸。

「我爸聽信了我媽的說法，還以為彼此是命運共同體才結婚的，當然會覺得被背叛吧。然後我媽她的立場是說，我也已經跟你說過我之前談過一些戀愛了，為什麼你現在還要來跟我追究這個呢，然後兩個人就吵架了。我還只是個小學生的時候，家裡的狀況就一直都這麼可怕了，別說什麼家庭旅行，當然是一次也沒有，兩個人根本都幾乎不在家。兩邊都會跟我說話，但是完全不會跟對方說話。」

「那真的是不好過啊。」

「我很小的時候還以為大家都是這個樣子呢。不過，只要去朋友家玩就會發現了嘛，我家根本不正常。」

「真的這麼糟糕喔。」

「不知不覺間，連我爸也開始外遇了。對象是他公司的下屬，一個很崇拜我爸的女人。結果最後，我媽好像又跑回去跟那個攝影師在一起。他們兩個說等我二十歲就要去辦離婚，他們就只有這點很高興地想法一致。」

雪菜又大口大口地咬碎蘋果。接著小聲喃喃道：還有三年。

「所以我說，小桐婆婆，妳就綁架我嘛。妳就綁架我，我想直接壞了那對父母的好事啊。」

「我怎麼可以……」

「又沒關係。我想讓那兩個人知道我心裡的想法。想問問他們是不是沒有我也沒差。最重要的是，他們到底愛不愛我。我想知道我回家的時候，他們究竟會是什麼表情。」

愛，是何等危險的一個字眼啊，桐子心想。

「我想知道，一方面也想讓他們知道。如果順利執行的話，小桐婆婆就就能進監獄，我也能讓爸媽知道我的想法。這不是一舉兩得嘛。」

「可是，那要怎麼……」

「很簡單啊。就跟平常一樣就行了。我就來妳這裡嘛，然後隨便抓個時間打電話回家。妳就說『你女兒被我綁架了，拿錢來贖她』這樣。可以用一些變聲器啊什麼的。啊，不然就打字，然後用手機的朗讀功能唸出來好了。再傳一張把我綁起來的照片之類的。然後其實我們都一直待在這。隔天叫他們準備好贖金，小桐婆婆妳就直接過去拿就好了。這樣的話，肯定會被逮捕。而且被綁起來的我真的在妳這裡，那就是綁架的現行犯了喔。」

「有辦法這麼順利嗎？」

「可以啦，可以可以。而且，反正不管是綁架還是勒索，都不一定要成功也沒關係啊。就算失敗了也沒關係嘛。」

「可是，真的有人會覺得我有辦法把雪菜妳綁起來嗎？應該會覺得不太對勁吧。」

「嗯……」雪菜稍微想了一下。「那就用安眠藥吧。小桐婆婆去拿贖金之前，我就吃個過量一點點的安眠藥好了。我媽會找醫生開安眠藥，所以她那邊有，我再帶過來。然後，我就說我醒來的時候就已經被綁起來了。」

好像，開始覺得似乎可以順利執行了。

雪菜動作迅速地開始搜尋。

「……對未成年人進行劫持或誘拐綁架者處三個月以上、七年以下有期徒刑。」

「意外地短呢。」

「不過，重點好像是犯人的目的。如果是以要求贖金為目的，可處無期徒刑或三年以上有期徒刑。」

「無期徒刑！」

真是至今為止都還沒碰過的、最長的刑期了。桐子顫抖了起來。

實行日訂在月底的星期六。

實行的前一天，父母雙方似乎不約而同地都要跟外遇對象去旅行。

「我禮拜五就先來住小桐婆婆這。然後，隔天，等他們回家，才會想說我為什麼不在家，就在這時候打電話過去怎麼樣？」

「應該……」

「不對，不要打電話好了，直接傳真到我家的話呢？」

「可是我家沒有傳真機呀……」

「從便利商店傳真呀。讓超商的監視器拍到小桐婆婆，就可以作為小桐婆婆是犯人的證據了吧。」

一起計畫犯罪細節，實在還滿開心的。

自從想出綁架的計畫之後，雪菜平日幾乎每天都會到桐子家來。

「從我們開始想這件事之後啊，我覺得我整個變得對人生充滿幹勁欸。」雪菜笑道。「反而還比較能跟父母好好相處了呢。我突然變乖，連他們也嚇了一跳的樣子。」

「雪菜妳明明一直以來都很乖啊，不是嗎？」

「沒有，在家裡才不是這樣子咧。不管爸媽跟我說什麼，我幾乎都是連理都不理，甚至只要是他們講的話，我一定都會唱反調。」

「是這樣喔。」哈哈哈哈，桐子大聲地笑了出來。「好像小孩子。」

「我本來就是小孩子嘛。」雪菜嘟起嘴說道。

「抱歉啊，抱歉。是沒錯，沒錯。」桐子連忙道歉。「我的意思是，雪菜妳明明就很成熟穩重，是個好孩子，還肯聽我說話，真的很懂事啊。」

「其實我對我爸媽超級叛逆的啊。可是，前幾天吃晚餐的時候，我媽問我說：『雪菜，妳將來想要做什麼呢？』結果我一不小心就說：『想當國際律師吧。』結果我爸媽整個沉默欸。」

「唉唷。」

「我想說是怎樣，才想到之前，每一次他們問我那種事的時候，我根本都不會好好回答啊。我之前好像……要嘛就是不講話直接走人，要嘛就是說些少囉嗦啦、管我那麼多喔之類的。我媽誇張到直接泛淚欸。」我只是回答而已啊，竟然就開心成那樣喔，雪菜自言自語道。

「開始跟小桐婆婆聊起這些之後，我就覺得犯罪啊刑法什麼的好像還滿有趣的嘛。而且如果當國際律師的話，就可以理直氣壯地去國外了對吧。」

「雪菜妳的父母啊，他們絕對不是不喜歡妳呀。他們是擔心妳。」

「是嗎？」

「……雪菜，我們也可以現在收手哦。」桐子默默說著。「我說綁架的事，妳可以再想想沒關係哦。」

「不用。我的恨又不會因為這種事情就消失不見。那是從我出生以來就一直一直累積至今的耶。無論如何，因為那種原因就把我生下來，光這點我就無法原諒了。」

「妳都這麼說了，那好吧。」

「倒是小桐婆婆妳……可以嗎？要確定欸？」

「我已經沒有什麼好失去的了。」桐子毫不猶豫地說道。

從上次接到堺屋小姐的電話後，桐子雖然還是每天上班，但只要一想到接下來不得不離職，工作就突然變得枯燥乏味。

三笠從醫院暫時搬到了機構裡。似乎是暫時先安置過去，再繼續想下一步該怎麼辦。沖繩的兒子不肯幫忙，讓大家都很煩惱。

自己老了之後，可不想像那樣被當成皮球踢來踢去啊。所以說，還是進監獄比較好。

三笠現在的慘狀，讓桐子的想法更加堅定了。

就連那份隨時都得離職的工作，只要想到還有綁架計畫，也覺得勉強做得下去了。

實行日當天，雪菜一放學就直接來到桐子家。桐子也已經做好晚餐等著她來。

——該不會，這將會是我在俗世裡做的最後一頓晚餐吧。

心裡在意的就只有這點事情，心情意外地既不激動，也不緊張。

仔細想了想小朋友會喜歡些什麼，最後，桐子做了漢堡排。

「我已經超～久沒有吃到這種在家裡認真做的漢堡排了耶！」雪菜看著食譜，覺得很開心。

「是喔？我不知道我做的會不會好吃喔。都是照自己的方法亂做而已。」

就是把絞肉加上碎洋蔥隨便炒一炒，再把麵包泡過牛奶，然後再加些雞蛋，全部混一混揉成一團之後拿去煎而已。

「不不，超好吃的。我家的話，平常都是從不知道哪裡的知名餐廳買現成的回來而已。」

「唉呀呀。」

被她這麼一說，反而更擔心自己做的口味了。不過，雪菜倒是邊說著好好吃、好好吃，一邊吃了個精光。

恐嚇信的內容，兩個人已經一起好好推敲過了。

雪菜小姐在我手上。如果希望她平安回家的話，今天下午四點，請把三千萬圓裝在伊勢丹百貨的紙袋裡，放在中央公園的長椅上。

接著，把剛剛拍下的、雪菜手被綁在背後的照片存成檔案，由桐子去便利商店用影印機印出來。她們決定明天也在同一間便利商店發送傳真。

「欸，小桐婆婆。」

「怎麼了？」

那天晚上，雪菜睡在桐子的棉被裡，桐子則是把暖被桌的被子拉起來睡。因為相較之下桐子的個子小了很多，她堅持這樣安排。

「我啊，一定會去監獄裡看妳喔！」

「不行啦，妳來的話，不就會被人家發現我們兩個是共犯了嗎？」

「沒關係啦，一年之後，就沒人會記得了啦。我就差不多那時候去。」

「嗯。」

「反正，我一定會去的。就算一陣子沒看到我，妳也不可以忘記我喔。我絕對絕對會去看妳的，妳要等我喔，不可以放棄。我們永遠都是好朋友喔。」

桐子眼中盈滿淚水，緩緩地滑下，流到了耳際。

「那就再見囉，晚安。」

桐子沒有回答，於是雪菜自己說完後便進入了夢鄉。

其實桐子根本就睡不著。她抱著一種不知道自己該擔心還是該放心的心情，整晚盯著天花板。

到了當天，比想像中還要平淡無奇地，一天開始了。

原本想說，反正雪菜說父母都是中午過後才會到家，所以預計要睡晚一點，結果兩個人都在六點左右就醒來了。

早餐吃到一半，雪菜把手機關機。

「唉，雖然說，那兩個人搞不好連我不見都不會發現啦，但就是保險起見。」雪菜說道，一邊津津有味地吃著桐子做的早餐：白飯、味噌湯，還有米糠味噌醃製的竹筴魚。

「雪菜啊。」桐子放下筷子，再一次對雪菜問道：「這樣做，真的沒問題嗎？」

「當然沒問題呀。反正，我也沒有什麼好失去的了嘛。」

桐子之前也說過一樣的話。

然後，雪菜用筷子夾起了醃漬小黃瓜。

「可是，之後再也吃不到這種醃菜，倒是很難過欸。」

「說什麼傻話。」桐子忍不住笑了出來。

「我認真欸。」

「那不然，我把醃菜的米糠醃料放在這棟公寓後面，事件結束之後妳再過來拿好了？現在才剛進入春天，放個兩三天應該沒關係的。」

「這樣好欸！」

看來雪菜似乎是認真的，她把桐子的米糠醃料細心嚴密地用塑膠袋一層一層包好，兩人一起藏到公寓後面。回到屋內之後，她問道：「倒是小桐婆婆，妳沒關係嗎？」

桐子也回答道：「那當然。」

「我才是，沒有任何東西好失去了。」

一到正中午，桐子換上洋裝，前往便利商店。她穿的正是和知子去飯店餐廳時穿的衣著。這種時候，就算穿上自己唯一的一身好衣服也沒什麼差別，儘管這麼覺得，但最後還是選了那套衣服。

訂定了這個計畫之後，桐子就有和雪菜一起在別的超商練習過傳真的發送方法，這部分並不難。但要按下「啟動」按鈕的那個瞬間，果然還是猶豫了。

從便利商店回家後，就連跟雪菜說話也不知道該說什麼好，於是只好窩在暖被桌裡發呆消磨時間。明明綁架正執行到一半，時間卻在安靜中流逝。

「糟了，我突然想起來，我有一通非打不可的電話，是很重要的事。我出去一下喔！」

「欸，那，妳要用我的手機打嗎？」

「不用。沒關係。我一秒就可以解決了。」雪菜說道，拿著自己的手機走到玄關。

「雪菜，還好嗎？」桐子有點不安，不禁問道。

雪菜回過頭來，笑著回答：「沒事沒事。我馬上就回來，小桐婆婆妳在這裡等一下喔。」

「嗯。」

「到我回來之前，不可以從家裡跑出去喔！」然後，攬過桐子的肩膀，說了一句「千萬別忘了我說的喔」，就跑出去了。

於是桐子又回到了暖被桌裡，等待雪菜回來。

雖然剛才說馬上就會回來了，但過了十分鐘、二十分鐘，雪菜卻始終沒有回來。

「一橋小姐！一橋桐子小姐！」

突然傳來一陣很大的聲音，就好像在耳邊呼喊似的，桐子嚇得醒了過來。

這時桐子才發現，經過昨晚的睡眠不足，她似乎不小心熟睡了。周圍已經變成一片漆黑。

現在，到底幾點了呢，我剛剛在做什麼？

一瞬間，就連自己人在哪裡都搞不太清楚，看了看時鐘，才發現已經過了晚上六點。

咚、咚、咚。公寓的木製房門被用力地敲著。

「一橋小姐！一橋小姐，妳在家嗎？！」

「我在……」桐子不由得發出遲鈍的聲音。

慌慌張張地開了門，看見兩個身材高大的男人站在門口。

「妳是一橋桐子小姐對吧？」

「……是。」

開口回答的此刻，現實才啪的一聲回到眼前。

這兩個人鐵定是警察。

我和雪菜一起制定了綁架的計畫。可是現在，雪菜跑到哪裡去了呢？

彷彿看穿了桐子心裡在想的事情，對方說道：「我們是警察。」

他只說了這麼一句，並沒有像影集一樣把警察手冊拿出來讓她看。

「妳認識榎本雪菜小姐吧？」

「……認識。」桐子儘管猶豫，還是說了真話，對方則是兩人面面相覷。

「她說她昨天都待在這裡，是真的嗎？」

桐子不知道現在該怎麼回答才好。

「是雪菜小姐自己這麼說的喔。」

「……雪菜她有說什麼其他的嗎？」

「她全都跟我們說了。」

桐子不禁低下頭來，嘆了一口氣。雖然知道這個樣子在對方眼中看起來一定非常可疑，但她實在忍不住。

「在這裡不方便繼續說，可以跟我們回警局一趟嗎？」

兩人比起自己想像中還要沉穩許多。

他們等桐子找出平常在用的手提包，甚至還協助她穿上大衣。然後，他們就一起上了警車。

那時候，桐子才注意到，公寓的居民和附近的鄰居全都跑到屋外，從遠處看著桐子和警察一行人。

還好他們並沒有打開警笛。警車就這樣從公寓前開走了。

被警察詢問所有事情的過程中，桐子自己也終於看清了事情的全貌。

說要去打個電話便跑出去的雪菜，用她的雙腳跑回了家裡，聽說就對在家裡等著的警察和雙親坦白了一切，然後道歉：「全部都是我自己惹出來的事。我只是想讓各自外遇的父母親吃上一點苦頭。」

但是那個時候，警察已經查到了傳真是從便利商店送出的，也查到了拍到桐子的監視器畫面。

警察讓雪菜看了桐子的照片之後，她也沒辦法說出什麼謊，就向警察說明，雖然桐子有幫忙這點是真的，但那也是被自己強烈要求，被自己單方面捲進來的。所以，警察就來到了桐子的公寓。

但在警察局，桐子一開始也因為不清楚狀況而吞吞吐吐的，也強調一切的責任都在自己。不過，面對警察的盤問也不是那麼輕鬆的事。面對他們看似安靜卻執拗地質問各種細節，馬上就破綻百出。差不多在時間即將跨過當晚的時候，她就已經把所有真實情況都說出來了。

再怎麼說，也不可能讓雪菜為自己頂罪。

包括自己常常跟雪菜討論想吃牢飯的事情、嘗試犯過各式各樣的罪但一直沒能沒能成功入獄的事情，還有接下來，雪菜突發奇想說要計劃一場綁架的戲碼，但總歸一句，錯絕對不在她。

兩人的供詞和目前發生的種種情況大致上都吻合。因此，在深夜時分，桐子只被扣留了手機，便被放回家了。雪菜那邊大概也是一樣的情況吧，從刑警說的話當中可以聽出一些蛛絲馬跡。

之後的幾天，桐子又被警察叫去多問了幾次情況，也做了筆錄。

雖然照實把一切全盤托出了，桐子還是一個勁地說了好幾次：「雪菜她沒有罪，全部都是我的錯，請你們原諒她吧。」

結果刑警只是簡短地對她說：「對方也是這麼說呢。」害她那時直接哭了出來。

「要判我有罪也沒關係。把我怎麼樣都沒關係。我就是想要被判刑才做這種事的啊。」

「可是，那個女孩也在替妳說話啊，一直說是她慫恿妳這麼做的。我說妳啊，都一把年紀了，竟然還把那種女孩子拖下水啊！怎麼能讓她承擔這種事情啊！」老刑警只有那麼一次聲音激動地說著。

但是，由於事件在被發現後馬上就解決了，況且兩人都是初犯，被訊問的時候都很老實，也都有在反省了。考量到這些因素，最後還是以不起訴做結。

事件過後，也處理完畢之後，桐子便繼續過著枯燥無味的日子。

被警察罵過了，雪菜的雙親也透過傳話表達了：「再也不准靠近我女兒！」

桐子覺得這都是應該的。

她們被迫互相刪除了對方的電話號碼，還有通訊軟體的ID。好像是因為雪菜父母強烈要求。而只要是警察所說的話，桐子都會乖乖照做，但她的手在發抖。

在那之後，她就再也沒有和雪菜見面了。

桐子沒有想到，這原來是一件如此寂寞的事。

事件的後續影響一步步啃蝕著桐子的周遭。

既沒有上新聞，也沒有被判刑，但職場和房東都被警察進行了問話。

清潔公司那邊告知桐子希望她可以早點離職。

「妳明天就可以不用來了。」堺屋貴子一個字一個字、鄭重其事地對她說。「我們的工作要到對客人來說很重要的職場進行，我們可沒辦法交給妳這種會犯罪的人去做！」

「可是……」

雖然她會這麼說也是理所當然，但自己最後的結局是不起訴，嚴格來說自己到底有沒有做到「犯罪」的地步都無法確定，桐子一想到這點，就不小心插了她的話。

但她根本當作沒聽到，掛斷了電話。桐子完全失去了收入。

房仲業者相田也打了電話過來。

「真是的，嚇了我一大跳欸，一橋大姊。」出乎意料地，相田用十分悠閒的聲音說著。「警察還跑到我們公司來，問說一橋大姊平時是怎麼樣的人，還叫我告訴他們房東跟租賃擔保公司的資訊，好像也有跑去找他們詢問這件事吧。」

「那真是，給大家添了太多麻煩了……」

「然後啊，擔保公司他們那邊說想要解除一橋大姊這邊的擔保契約。」

「咦……」

「不好意思啊。可是，會發生這種事也是無可奈何的吧。」

「……那我，到底該怎麼辦呀。」

「接下來的話，就看房東怎麼決定了吧。這下沒了保證人，房東又會怎麼說呢。」

「那位女士她怎麼說？」

「我是有問她，但她說現在正忙著趕截稿，要想一想再跟我聯絡，她目前就只有這麼說。」

她想起了房東是自由寫手這件事。

「只是說，一橋大姊……她也有可能會說希望妳離開那個家。妳可得先做好心理準備啊。」

工作也沒了、家也沒了……桐子在那個瞬間，覺得自己好像理解了犯罪這種事情的真正涵義。

那就是會讓自己的信用徹底破產。

買完東西回到家的時候，家門前站著一個年輕的女性。桐子嚇得胸口都要痛了起來。她想，會不會是房東過來找她了。

對方背對著桐子，手上好像拿著一個紙袋，站在那邊。

桐子觀望了一陣子，對方好像沒有要走的樣子，於是心一橫，自己開口道：「請問……」

「啊啊！不好意思！真是抱歉！」她就如字面上地嚇得跳起來，一邊叫道。

桐子雖然覺得，明明自己才該因為有人出現在家門口而覺得很可怕才對……但她真的驚叫得太大聲，實在令人覺得荒謬，桐子不禁笑了出來。

「請問您是哪位呢？這裡是我家。」

「突然來訪，真的很抱歉。」她深深地低下頭道歉，並問：「請問是一橋桐子小姐嗎？」

「是。我就是一橋。」

「我叫宮崎明日花。」

「啊。」

宮崎……那是知子的姓。看來是知子的親人。

「妳是知子的……？」

「是的。」明日花看了看桐子的表情，點頭道。「宮崎知子是我的婆婆。」

「婆婆，也就是說……」

「我先生是知子小姐的兒子。」

「是大兒子的媳婦嗎？」

「不是，是二兒子的老婆。」

「這樣啊。不介意的話，要不要進來說？雖然是個小到不行的地方就是了。」

雖然沒有把房子弄得多漂亮，但還好還有在整理跟打掃，桐子心裡想道。她可不想讓知子的親人覺得她們以前住在一個像垃圾場一樣的地方。

「這邊請。」桐子把她帶到矮飯桌前。

「好的！」

對方是個樸素的女性，潤澤的臉頰彷彿透著紅光。她脫下春季大衣，坐了下來。

照理說，她們應該有在告別式上見到過才對。但那個時候，桐子被悲傷嚴重打擊，而且有一大堆穿著黑色服裝的女人全都坐在親人的位子上，所以根本分不出誰是誰。

「喝日本茶可以嗎？」桐子急忙拿水壺燒水，一邊問道。

「啊，您別費心。」

倒好了茶，桐子也在她的對面坐了下來。

「大家都還好嗎？」

「是。大家都很好。」

「嗯，那就太好了。」

桐子在說話的過程中，開始有點不安起來。這位女性究竟是為了什麼才來這裡的呢？不知道她是不是已經知道我惹出來的事件了呢？

「那，那個……」

明日花把那個放在自己身旁的紙袋向桐子遞過來。

「這是那個，我婆婆的……」她並沒有打開讓桐子看裡面的東西，只是繼續說。

「啊，是。」

「我們，啊，我是說我和大嫂……就是大兒子的太太奈穗美小姐，我們最近一起在整理婆婆的遺物。」

「啊。是這樣呀。」

「就是上次，我老公他們，不是有去妳們兩個人住的那邊拿了很多東西走嗎？」

桐子回想起那天的情況。他們兩個人來到家裡，像山賊一樣把東西刨根掘底地捲走。

「結果啊，那些東西全都搬到我大哥家裡。大哥他要繼承老家那間房子，所以每個房間他都可以用，那兩個男的真的搬完就這樣放在那裡不管了。連看也沒有再去看一眼。所以最後，就是我們兩個女人去整理了。」她好像不太高興地說著。

對桐子來說，知子的那些東西，不管是哪一樣，明明都是非常重要的紀念。對他們來說卻不過是垃圾罷了。

「我跟大嫂兩個人也有工作，所以也一直沒時間整理。不過大嫂懷孕了，從上個月開始休產假。」

「唉呀，那真是恭喜了。」

「謝謝謝謝，然後所以啊，我們終於有時間去整理了。我假日的時候會去他們家幫忙整理，然後啊，我大嫂就說：『這些還是交還給桐子小姐比較好吧。』」

此時，總算明白了紙袋裡裝的是什麼。

「這些是桐子小姐寫給婆婆的信。她全部都還收著。」

「啊啊，謝謝妳。」

桐子看了一下紙袋裡面，自己寫的信被用淡紫色的緞帶綁成一綑。淡紫色……是知子最喜歡的顏色，同時，也是紫丁香花的顏色。

桐子不用看也知道內容。

開頭是簡單明瞭的季節問候語，接著就會直接開始寫一些自己的近況或是讀書心得，有時候也會穿插工作上或是照顧雙親的煩惱。

「她說，這個我們也沒辦法隨便丟掉嘛。」

「這樣啊。真抱歉讓妳專程跑這一趟。」

「然後，還有……」明日花稍稍抬起眼看了過來。「大嫂跟我，我們把遺物一樣一樣都看過了，可是，說實在的，我們也不知道該怎麼辦嘛。到底該怎麼處理呢……首飾跟包包還可以找到它們的可用之處，可是洋裝跟和服，我們拿來穿的話就有點那個……」

「也是啊，年紀上也是完全不一樣嘛。」桐子點頭同意。明日花探出身子，好像在說「沒錯沒錯」。

「大哥跟我老公都只是隨口說『妳們拿去穿不就好了嗎』……可是妳也懂的，就不是那麼一回事嘛。他們就說，那不然稍微整理一下拿去丟掉好了。後來，我們兩個討論了一下，就想說，丟掉之前先拿給桐子小姐看看，如果有什麼想要留下來的就可以留，就是這個樣子」

「欸？」桐子忍不住用雙手遮住嘴巴。「真的假的？」

「嗯嗯。我們兩個本來是想說要不要自己挑一挑再拿過來，可是我們又不知道該怎麼挑，所以想說，不知道妳會不會願意來我們家自己挑選。」

「真的可以嗎？」這個要求實在太讓人開心，讓桐子有點不敢置信。

「嗯，看妳這麼高興的樣子，我們就是覺得應該交給這樣的人才對。」

「很高興……我是真的非常高興，謝謝妳們。」桐子低下了頭。

「不管是任何什麼東西，小知……抱歉，是知子小姐，我都叫她小知，總之我一直都想著，要是能夠看一看她的那些東西就好了，所以我真的覺得很感激。」說著說著，眼淚就冒了出來。就算想用指尖擦過去了事，眼淚還是源源不絕地往下滴。

「真是不好意思。」桐子停下來緩一緩，把放在衣櫃上的衛生紙盒拿過來，擦了擦眼淚，又擤了擤鼻涕。明日花靜靜地等著桐子平復下來。

「不過，如果可以的話，在平日的時候來，我們會很感激的。就是大哥他們不在家的時候來。」

「這個我是沒問題啦……」桐子把用過的衛生紙揉在手心，歪著頭問道：「但是，是因為我做過什麼冒犯到你們家的事情嗎？」

「不，我跟大嫂，我們兩個對桐子小姐當然沒有任何成見，可是大哥跟我老公的話就……」明日花稍微思考了一下用字遣詞。「他們好像對桐子小姐有比較複雜的想法吧。」

「什麼意思？」

到底為什麼會有這種事呢。

「關於這個，妳可能要去問我大嫂會比較清楚。」

桐子想起了那天，來家裡拿知子遺物的那兩人。那時候總覺得他們似乎刻意表現得很冷淡，也許那不是自己的錯覺。

「可是我們，我是說我跟我大嫂，我們真的非常感謝桐子小姐。我公公過世之後，婆婆又該怎麼辦，要跟她一起住，還是讓她自己一個人生活，還是要把她送去機構……我們之前可擔心了一陣子呢。」

明日花像個普通的年輕人，似乎是有什麼話都會毫無掩飾地直接說出來的個性。

「我婆婆那時候，很乾脆地決定要跟桐子小姐一起生活……我們也是鬆了一口氣呢。雖然我婆婆人很好，可是如果要住在一起，一定要改變生活習慣嘛。我跟我大嫂到現在感情都非常好，我們有時候也會聊到，能有現在這種情況，也是多虧了桐子小姐。」

「這樣子啊。」

桐子隱藏起自己複雜的心情，只是微微一笑。

最終章　殺人

桐子和宮崎明日花約在最靠近宮崎家舊房子的車站見面。

「從這裡過去滿近的，我們用走的可以吧。」

那是杉並區的某個車站。

「嗯嗯，當然。」

兩人邊走邊聊著一些季節之類的話題。這時桐子漸漸想起，以前只有來過知子的家裡一次。

那是在這個家剛蓋好的時候，跟一些朋友一起來祝賀新居落成。知子當時好像也是來車站接他們。那時知子難得非常開心的樣子。但她那時候，並不知道之後會發生什麼事⋯⋯

知子結婚後，有很長一段時間，都在郊外狹小的社會住宅勉強過日子，後來才在婆家附近蓋了新房子。她還說過這樣孩子們就可以有房間了。但是，當然，那裡並沒有知子自己的房間。在當時，就算丈夫的書房和孩子們的房間都有了，但沒有主婦的房間也是理所當然的事。

桐子想著這些事的時候，不一會兒她們就抵達了目的地。看桐子正沉浸在回憶中，明日花也沒有開口打擾她。

「來，就是這邊。」

明日花招手要她過去的那邊，是一棟用水泥圍牆圍起來的日式房屋。她很熟練地打開鐵製的門走了進去。看來她跟大嫂感情很好這件事是真的。

「這裡都沒變呢。」桐子心裡千頭萬緒，不禁脫口而出。

不只是住宅的外觀，就連庭園裡樹木的樣子、牆壁的顏色也都跟以前一樣。總覺得知子好像會從裡面走出來，說「歡迎啊」似的。

「歡迎妳來。」但是，說著這句話的人，是一個散發著成熟氣息的年輕女性。

她是明日花的大嫂，也就是知子的長媳，宮崎奈穗美。

「謝謝妳們今天找我過來。」帶著感謝的心情，桐子深深地鞠了個躬。

「不會不會，我們才不好意思，還讓妳專程過來這邊。」

奈穗美穿著藍色的連身長裙。可能是孕婦裝，但她的肚子還沒大起來。

「懷孕了，真是恭喜妳呀。」

「謝謝。」

經過起居室，正要坐下來之前，對方說：「一橋小姐，不介意的話，妳要不要給我婆婆上個香呢？」

「可以嗎？」

佛壇就設在起居室隔壁的房間，知子的牌位大概和丈夫放在一起。

真是個年輕卻善解人意的媳婦啊，桐子心裡感慨著。另一方面，其實她心裡並沒有感受到任何一點「知子就在這裡」的感覺。當然，她並沒有脫口說出這種話，只是點了香、合掌祭拜。

知子，我來看妳了唷，是妳的媳婦邀請我過來的喔。

桐子再次捫心自問，但是，果然和歌詞不一樣[3]。她真的覺得知子不在這裡。

——如果她真的在這裡的話，也就是跟那個丈夫直到死後都還在一起的意思了。那樣的話知子也太可憐了。

3 前文中「知子就在這裡」原文為「トモがここにいる」。有一首日文歌曲名為〈ここにいる〉。

桐子想到這裡，眼中又泛起淚光，她趕緊裝作沒事站了起來。

「謝謝妳。」

「那麼，請跟我來。」

桐子喝著對方準備的茶，稍微聊了一陣子。

就像明日花說的，兩個人討論的結果是「該讓一橋小姐看一看」，對方再次說明了這些事情。

聊完之後，明日花說了聲「那麼我先告辭」後就先回去了。她說下午還要回公司。

「是因為我的關係讓妳請了事假嗎？」

「沒有啦，我剛好還有特休。」

桐子在心中對知子說道：不說妳先生的話，知子妳的家庭很圓滿呢。如果妳還活著的話，可還有很多開心的事情等著妳呢。還有，妳沒有跟這麼好的媳婦住在一起，而是選擇跟我一起住，真是謝謝妳。

已經很久沒有直接對知子說話了。

明日花離開之後，奈穗美帶著桐子來到二樓的房間。

大約四張榻榻米大的房間裡，放著五個紙箱和三個紙袋。把知子的東西整理掉之後，一定會拿來當作小孩子的房間吧。

「這些就是我婆婆的東西。請妳隨意打開來看看，如果有看到什麼喜歡的就帶走吧。啊，如果東西太多的話，也可以幫妳宅配喔。」

「真的是，謝謝妳做的這一切。」

「那我再去泡個茶喔，妳慢慢來。」

奈穗美離開了之後，桐子先打開了最靠近自己的紙箱，突然覺得知子的味道暖呼呼地飄了出來。裡面滿滿裝著知子的衣服。

「啊啊。」

銀色的套裝。就是桐子和知子一起去吃飯店的甜點吃到飽時會穿的那一套。桐子不自覺地握緊手中那套衣服，一時之間動彈不得。心中湧起太多回憶，感受比起看到牌位時，還要更強烈、更深許多。

「一橋小姐。」已經上樓的奈穗美從背後呼喚她，她才回過神來。

「啊，真是抱歉。」

桐子連忙用手背擦了擦濡濕的臉龐。

「沒關係的。」

奈穗美蹲坐到地上，把一個盆子放到身旁。

「一橋小姐跟我婆婆的感情真的很好呢。」

桐子在奈穗美面前端坐了下來。

「是啊。」

桐子從包包裡拿出手帕，擦了擦臉。她想，就算被對方看出自己哭了，那也是沒辦法的事吧。

「我們這樣亂放，真對不起啊……」

「不會，沒關係的。」

桐子喝著剛才重新泡好的茶。

這時奈穗美說道：「我們……」

「嗯？」

「我們請妳在我先生他們不在的時候來，總覺得，對妳很失禮呢。」

「不會，別這麼說。」

反正現在工作也沒了，桐子有的是時間。

「我真的覺得很高興，很感謝妳們。」

她從沒想過，自己真的有機會再看到知子的衣服。

「其實啊，對於桐子小姐妳，我先生他們好像有一些複雜的情緒。」

「……妳說。」

「妳知道的吧？我公公的事情。」

桐子默默地點了點頭。

「我先生跟我說過很多次，就是以前的事情。我先生是長男嘛，所以好像被罵得特別慘，甚至更過分的事都有。另一方面，丟下我婆婆一個人就離開家這件事，他也一直都覺得很愧疚。」

知子說過「兒子們對我這個軟弱的母親也很生氣」，但桐子覺得現在不需要提起這件事。

「所以，他想說我公公死後，他終於有機會孝順母親，結果婆婆卻說要去跟一橋小姐一起住，我先生就自己疑心生暗鬼，想說該不會是因為我婆婆在生他的氣，他心裡又有罪惡感，所以就一直責怪自己。」

「知子又不是那樣的人。她才不會對自己的兒子生氣什麼的呢。」

「對呀，我婆婆也是這樣跟他說了，可是我先生就還是不太能接受……結果告別式的時候啊……」

「告別式的時候？」

「我先生他們當然也是非常傷心，但畢竟是男生嘛，可能也覺得照護的日子終於告一段落，還反應不過來，所以幾乎沒怎麼哭。還有一部分也是因為我剛才說的那種複雜的心情。可是，一橋小姐卻不顧一切地放聲大哭……所以丈夫又覺得很自責，為什麼自己就不能坦率地哭出來呢。」

「他這樣不對呀。真的沒有必要在意那種事的。」桐子堅定地說道，「我們之前會一起住，真的只是我們擅自做主、獨斷任性的作為而已。不對喔，可以說是我的錯也說不定。知子她可能是因為擔心我獨自一個人才跟我一起住的喔。所以說，絕對不是她兒子們的責任啊。」

奈穗美點了點頭。

「謝謝妳這麼說。」

「拜託奈穗美……幫忙想個辦法跟妳先生說一說，還有，千萬不要說是我說的就是了。」

「好。」

奈穗美把手放在自己的膝蓋上，輕輕地前後摩擦著。看起來好像在猶豫什麼。

「……有一件關於我婆婆的事，我從來都沒有跟別人說。」

「什麼事？」

「尤其是我老公，我大概一輩子也說不出口。我原本也想說還是不要跟一橋小姐說好了，但……」

她用指尖輕輕地摸著放在地上的那套知子的套裝。

「要是我現在不說出來的話，以後肯定就不會說了。可是，就這樣一直把這件事藏在心裡其實也很難受。」

「到底是什麼事呢？」

桐子的心臟怦怦直跳。

奈穗美嘆了一口氣。

「直到現在我都還很猶豫要不要說出來……但是，如果不說的話又太痛苦了。」

「……如果願意讓我聽聽看的話，妳就說出來吧。不過不用急，我們也還有很多時間。」

雖然覺得有點怕怕的，但果然還是希望可以知道知子的所有事情。

「就是……」奈穗美再度沉默了一會兒，最後終於開口道：「我婆婆她之前說……」

「嗯嗯。」

「她說：『我殺了妳公公。』」

這話實在太驚人，桐子真的感受到胸口一陣難受。

「知子她？把她老公？」

真的有這種事嗎？雖然一直都知道知子因為這個丈夫吃足了苦頭，但是她真的會做出這種事嗎？

「對。」

「是、什麼時候的事？」

「我婆婆從這裡搬出去之前這麼說的。」奈穗美嘆了口氣道：「婆婆要搬過去跟一橋小姐住的前一天，我們有來這邊跟婆婆一起吃個飯、住個一晚。當時婆婆看起來神采奕奕，她那時候還說：『我搬出去之後，你們隨時都可以過來喔，隨意使用～看是要擴建還是改建也都沒問題。』我先生心裡一直沒有接受婆婆的決定嘛，但是，他也沒辦法直接跟婆婆攤牌說不要去跟一橋小姐住……總之整個氣氛就是弄得很僵。」

「是這麼一回事啊。我之前都不知道。」換桐子嘆了一口氣。

「我先生去洗澡的時候，我婆婆突然跟我道歉說『真是抱歉呀』……然後，她就跟我說了。事情的真相。」

「真相？妳是說，關於殺人的事情？」

「……真要我說，我也實在不知道該怎麼說才好。但是，我婆婆她的確說了：『我犯了殺人罪喔……』她接著說：『我啊，每一天、每一天幫妳公公做早餐的時候，都煎三個蛋給他。加很多很多奶油煎成歐姆蛋，然後在旁邊放上三條煎得焦焦脆脆的培根。吐司也是厚厚的兩片，再加上一大堆的奶油。咖啡也都泡得很濃，然後把超大量的鮮奶油跟砂糖一把加進去。』」

突然就開始說起早餐的話題，桐子歪著頭聽下去。

「『中午他都在公司吃，晚上也有很多喝酒應酬的聚會。不過啊，只要是在家吃的時候，我都會準備整桌老公喜歡的菜。比方說很甜很甜的馬鈴薯燉肉或是薑汁燒肉，有時候還會煎牛排。只要老公想吃，我都會買霜降肉片來煮壽喜燒，都不知道煮過幾次了呢。然後配上滿得像小山一樣的兩大碗白飯，味噌湯也煮得很鹹。只要老公想喝，不管是啤酒還是紅酒，我都讓他喝。老公喜歡吃洋食，所以我也很常做漢堡排或炸豬排，搭配加了超多美乃滋的馬鈴薯沙拉，滿滿一大盤。他不愛吃青菜，所以我基本上都不會弄青菜。然後啊，調味慢慢下得一次得比一次還重，等他注意到的時候，才發現自己已經愛上重鹹的口味了。因為這種飲食習慣，我每天都會另外做我跟我兒子的份。』」

那到底費了她多少精力啊。

「『所以一過六十歲，老公就被醫院診斷出高血壓和初期糖尿病，醫生囑咐他甜的跟鹹的都要少吃。所以我就做一些完全不加鹽的料理給他。不過，醬油跟調味料什麼的我都直接放在桌上，讓他自己隨便加。結果那個人就說這種難吃的東西誰吃得下去啊！然後自己拿醬油大淋特淋，整個淋過一遍才肯吃。我也不會阻止他。』」

桐子聽著聽著，開始漸漸明白知子真正想說的意思了。

她所說的，跟桐子一開始聽到「殺人」這個字眼時，腦海裡浮現的畫面完全是兩回事。桐子原先還以為是她在照顧先生時，或是臨終照護時所犯下的極端行為。

但完全不是那種情況。知子所謂的殺人……是每天一點一滴，慢慢地用鹽、砂糖和油來淹沒自己的丈夫。

「她說這樣就可以很合理地跟其他人或醫生說：『不管我怎麼煮無鹽的東西，孩子的爸還是喜歡吃重鹹啊，我也沒辦法。』說是選擇權都在他自己手上。」

「……這真的可以稱為殺人嗎？」

「我不知道。」奈穗美搖了搖頭。「只是，我婆婆她又說了：『妳看我就是這種人，所以那孩子完全不必有罪惡感呀。我可是貨真價實地殺了他父親的女人呀。就拜託妳幫我跟他這麼說吧。』」

「那，妳真的這樣跟妳老公說了嗎？！」桐子慌忙問道。

「沒有，像我剛才說的，我沒跟他講。我根本不知道該怎麼跟他說……不過，我覺得對我先生來說，至親應該就只有我婆婆一個人吧。他自己也跟我說過好幾次，沒有把我公公當作自己的至親。所以我更說不出口了。聽了這個之後他會怎麼想，我完全無法預料。我不希望我跟他講了這些，反而害他失去唯一的至親。」

桐子低下頭，卻再也沒辦法抬起來。

從宮崎家回家的路上，桐子隨著電車搖晃著，出神地想著剛才和奈穗美聊到的事。知子所犯下的殺人行為。

究竟，那真的能說是殺人嗎？

做美味、豪華的餐點給丈夫吃。那算是殺人嗎？

「我問妳喔……」桐子要是不跟奈穗美確認一下，心裡實在過不去。「知子她，那個……是不是用那種開玩笑的語氣說的呢？不是非常嚴肅地說吧。」

「該說是開玩笑嗎？」奈穗美稍微偏了偏頭。「她說的內容實在太衝擊了，所以語氣我倒是不太記得，但我印象中，與其說開玩笑或是認真，不如說感覺她很平靜吧。雖然不是內心糾結的樣子，但也不是笑著說的，差不多是那樣的感覺。」

很平靜。

不過，那也只是奈穗美的感覺而已。真實的情況是怎麼樣呢？桐子不知道。有沒有可能，她是很平靜地說完，打算最後再加一句「開玩笑的」，但是說到一半，大兒子就洗好澡出來了，所以對話就此中斷了也不一定。

可是，如果她是認真的呢？

雖然那樣的殺人行為太過保守，也沒有辦法保證成功，相反地，也表示她必須抱持著殺意和對方對峙、忍受好長好長的一段時間。比起一時衝動拿刀刺對方那類殺人行為，這種殺人說不定更可怕，因為這種殺人所懷有的殺意更加強烈。更何況一直以來都還要多花時間想出兩套菜單。

這真是個極致的謀殺計畫。得花上好幾十年。

桐子看著自己抱著的紙袋。

最後，奈穗美說：「只要有喜歡的東西，就請妳帶回去吧。」

但是，桐子卻無法動手。

聽見她的話，桐子回過神來。已經想好要盡自己所能地進監獄坐牢了。既然如此，還把知子的東西拿回來，這樣真的好嗎？

看著手上挑著東西卻內心動搖的桐子，奈穗美好幾次開口勸她：「真的都可以拿，妳不用擔心。這些珍貴的東西留在我們這也只是浪費而已。」

然後，她離開房間，帶回一個裝著寶石的盒子。

「這些也是我婆婆的。明日花和我都已經選了一些，一橋小姐妳也挑挑看嘛。我婆婆她一定也會很開心的。」

桐子把那個蓋子上雕著玫瑰花的木盒子打開來，裡頭每一樣都是令人懷念的東西。她拿出綴有幾顆珍珠的胸針、珊瑚裝飾的和服帶釦，還有串著一粒珍珠的項鍊。

奈穗美對她說：「請別客氣。」

「這麼貴的東西我怎麼能拿。奈穗美小姐妳們怎麼沒有拿去呢？」

「我們兩個各自都拿一串整串珍珠的項鍊了呀。作為紀念來說，已經很足夠了。」

說得也對，珍珠已經不流行了，也只有婚喪喜慶的時候能拿出來用，只作為紀念也是無可厚非的事情。

「可是……」

「胸針的話我們兩個也沒有在用。」

「那我……」

於是桐子選了一個以前常常看知子戴的、銀色花朵中鑲有珍珠的胸針。

「洋裝也拿一些吧。雖然可能也會變成占空間的東西，而且聽了剛才說的事情之後，可能已經不想拿了也說不定。」

聽她這麼說，桐子幾乎想要「啊」的叫出聲。桐子想東想西地猶豫，結果好像被對方以為自己是因為知子犯下的「殺人」行為而嫌棄這些東西。不過，對方應該連作夢也想不到桐子是在想入監服刑的事情吧。

「不是，我完全沒有那樣想喔。」

於是，桐子挑了銀色的套裝帶走。她想起對方說的話，她如果不帶走的話，一定會直接被當作垃圾吧。

列車到站，桐子刷了車票，走出閘門。

鏗鏘，伴隨著聲響，車票被吸進機器裡。桐子又忍不住嘆了一口氣。

昨天才剛付完房租。最後一筆打工的薪水前幾天才剛入帳。到下個月的老人年金發放日為止，都不會有收入了。單程車票約六百多圓，交通費用來回就超過一千圓，實在令人心痛。

繞去車站前的超市看了看，結果晃了一圈，只買了豆芽菜便回家了。

回家後，把知子的套裝好好地用衣架掛了起來，洗好手開始做菜。冰箱裡還留著之前切剩的白蘿蔔尾巴，就拿來切成小塊當作煮味噌湯的材料，然後炒了剛買回來的豆芽菜。雞蛋是上個禮拜買的，每天吃一個，到今天還剩下四個，加進豆芽菜裡做成銀芽炒蛋。再配著早上煮好的飯，當做晚餐。

——上個月買的米還有剩，但總有一天會吃完，到時候又該怎麼辦呢。不找工作會撐不下去的，雖然這麼想，但是就連自己也不覺得有人會願意僱用一個搞出那種事，又即將七十七歲的老人。

然後又想到，知子說的犯罪……

——知子她，心裡一直都堆積著這種事嗎？藏了好多好多年。怎麼就不跟我聊一聊呢。如果跟我說說的話，說不定我也可以幫上一些忙啊。

淚水又湧上眼眶。她還想起，跟知子一起生活的時候，她說了好多好多次「我現在真的好幸福」，現在想來胸口一陣刺痛。眼淚更是奪眶而出。

——我也很幸福喔，知子。

桐子收拾著廚房，不知道該把蘿蔔剩下來的最根部丟掉，還是該繼續留著。剩這麼一點點，正適合放進米糠醃料盒裡做成醃菜。想到這裡，桐子才忽然想起：米糠醃料！那個醃料盒現在怎麼樣了？

之前雪菜說想要那個醃料，她們便一起把醃料盒用塑膠袋包了好幾層，藏在公寓後面。

「糟糕，完全忘記了。」

從那時候算起來，已經過了兩個多禮拜。發生了那種事，桐子不覺得雪菜還會來把它帶回家。在春天的天氣下放在外頭，應該早就壞了。如果不把它拿回家處理的話，會造成大家的困擾的。

桐子從裝著應急物資的背包裡拿出手電筒，悄悄地走出屋外。

她繞到公寓後面，打開了手電筒。公寓後方用矮牆和隔壁的公寓隔開，中間便成了一條約一公尺寬的小巷。

「我記得，應該是放在這附近才對啊……」桐子邊找邊自言自語道，然後就發現了當時用塑膠袋包起來、用來裝米糠醃料的塑膠盒倒在一旁。

——雪菜果然忘記這件事了吧。也不對，在那之後，她根本就沒辦法過來拿吧……

唉呀呀，看來真的只能整個丟掉了，應該可以直接丟可燃垃圾吧……桐子想著這些事的同時，彎下腰來撿起那個袋子。

「嘿喲！」伴隨著塑膠袋乾燥的沙沙聲響，桐子猛然就輕易拎起手中的盒子，她吃了一驚。

好輕。

米糠醃菜的基底醃料雖然小小一盒，卻十分有重量。可是手中拿起的盒子卻像沒有裝任何東西一樣輕，桐子出了太多的力氣，錯誤預判重量的落差幾乎讓她往後摔倒。

她連忙打開塑膠袋。裝醃料的塑膠保鮮盒完好無缺，裡頭卻沒有任何米糠醃料的影子。不過，裡面似乎裝了其他的東西。打開保鮮盒，看到了一張對折再對折的紙條。桐子手指發顫地打開來。

小桐婆婆，這是我新的電話號碼。要打給我喔。　——雪菜

龍飛鳳舞的字跡這麼寫著。

到了下個月，桐子還是沒有任何行動。雖然老是想著非得去找工作不可，但是身體就是動不了。

也沒有打電話聯絡雪菜。沒有那樣的勇氣。

雪菜換了新的電話號碼，就表示她的父母買了新手機給她，希望她重新汰選目前為止的交友關係吧。光是刪除桐子的聯絡方式還不夠，直接買了新機要她換掉啊。桐子感受得到他們強烈的堅持。雪菜只有留下電話號碼，從這一點看來，可能也不讓她使用社群軟體了。

雪菜專程把新的電話號碼拿到這裡來，對桐子來說就很足夠了。正因為如此，才更不能再繼續破壞她和父母的關係。

就在此時，秋葉打了電話過來。

「桐子姊嗎？最近怎麼樣？」

桐子覺得好像被他無憂無慮的嗓音給拯救了。

「還好，好久不見呢。」

好在對方應該不知道桐子最近所做的好事。

「戶村也過得還好嗎？」

「我們兩個還是一樣，每天都在小鋼珠店碰頭啊。」秋葉嘿嘿嘿的笑了起來。「其實啊，我有點小事要拜託妳。」

這個人說的「有事要拜託」可不能隨便輕忽，心裡的警鐘本來會告訴自己應該要小心一點，但在如今的狀況下，桐子已經覺得怎樣都無所謂了。不如說，只要能跟人有所連結，不管是誰都好。

「就是啊，不是有一個大哥平常很照顧我們嘛？」

「嗯嗯，地下錢莊的那個？」

「對啦。那個大哥啊，說想跟桐子姊見一面，他自己說的喔。」

「咦？跟我嗎？」

之前都在幹更糟糕的勾當，如今做著地下錢莊這種「安穩的事業」，這樣的男人，找桐子會有什麼事呢？

「他好像之前就對桐子姊很感興趣了，結果昨天啊，他突然打給我。」

「……跟我這種人見面，也不會有什麼收穫吧。你有問他是什麼事嗎？」

「沒有啦，好像也沒什麼特別重要的事情，就只是說想見一面看看而已。然後他還說就兩個人單獨見面這樣。」

「喔……」

然後，對方甚至提議了具體的會面地點，說要不要就在之前小池由香里開辦課程的那間咖啡廳見個面呢？

「……好，我會去的。」

在公共場所見面的話，應該不至於被殺掉吧。而且目前桐子根本沒有其他事可做。

「那，就約明天下午怎麼樣？」

很乾脆地定下了時間，於是，他們隔天就要見面了。

桐子比約定的時間還要早十分鐘抵達咖啡廳，然後被帶領到深處的座位。

「大哥」好像還沒有來。她稍微鬆了口氣，環視著店內。

平日下午兩點前，店裡的人並不多。窗邊的座位坐了兩個跟自己差不多年紀的女性，面前擺著蛋糕茶點，正熱烈地聊著天。隔壁則是三個穿著西裝的男性，好像在商談什麼事情的樣子。

——大家看起來都很神采奕奕、很開心的樣子呢。

桐子又想到，自己這種正在等著不知道是前黑道人士還是什麼人物的心情，和他們還真是天差地遠。

準時兩點整時，咖啡廳的門被打開，「他」走了進來。雖然不論是長相或年齡都沒有先問清楚，但馬上就可以知道是「他」沒錯。

被大家稱為「大哥」的那個男人有著像長方形岩石的體型，身高大概有一百七十五公分，肩膀很寬、很健壯，整體來說身體很厚實。年紀可能是八十歲左右吧。那塊「岩石」拄著拐杖，慢慢地朝這邊走過來。

「一橋桐子小姐？」

「我是。」

他的聲音比想像中還要來得溫柔。

「我們出去說吧。」

來到店裡都還沒點任何東西，他就開口這麼說，然後流暢地轉過身，直接往外走。絲毫沒有給桐子表達意見的餘地。

桐子愣愣地盯著他離去的背影看了一會兒，才趕緊跟了上去。

就連對站在櫃檯那邊的女店員，他也只是稍微抬起手表示一下而已。但對方卻好像在恭送把菜單上的品項全部點了一遍的貴客那般，恭恭敬敬地低下頭。

「那個，我們現在要去哪裡呢？」桐子走出咖啡廳，追上他之後問道。

「剛剛那邊太多認識的人了。」他回過頭來，對桐子露齒一笑。

以他的年紀來說，牙齒還真好看。而且，笑起來竟然意外地可愛。桐子不經意地也跟著微笑了起來。

「這附近有個公園，就去那裡說吧。」

從此他就沒有再多說一句話，只是繼續往前走。

他說的公園，是指附近的兒童公園。那裡有溜滑梯和沙坑，還有兩個盪鞦韆，也有不少長椅，周邊有杉木和櫻花樹環繞。

他在離遊樂設施稍微遠一點的長椅上坐了下來，用拐杖指了指身旁的座位。意思應該是要桐子坐在他旁邊。

他看著眼前正在玩耍的小朋友們。有幾個小孩在公園裡跑來跑去，母親們在一旁看著他們。有一個剛從溜滑梯上溜下來的小孩跑進沙坑裡抓了一把沙子，旁邊便有一個媽媽喊道：

「手不要摸沙子！很髒耶！」

桐子看著這一幕，心想：現在的小朋友已經連沙子都不能玩了呀。

「我聽說，妳想被抓去關啊？」大哥冷不防這麼一問。

「你怎麼會知道？」

桐子記得應該沒有跟秋葉講過這件事才對。

「像我們幹這種的，總有管道可以知道各式各樣的情報啊。警察那邊也有很多我的老交情。」

「啊啊……」

「有時候也會聽說一些像妳這樣想法這麼奇怪的人。」

「是這樣啊。」

「啊，其實想被抓去關的人是不少。但通常都是一些早就已經慘兮兮的人啦。比方說年輕的時候就一直在犯罪，出獄之後反而不知道要怎麼在外面生存下去的那種男人啊。或是整個人已經快要不行了，就連警察都根本不想抓的那種人也是有。可是像妳這種，乍看之下好端端的一個女人，會這樣想的就不多了。跟我講到妳的那個人，就是想說我是不是用得上妳。」

「……用得上我。」

「妳有這種需求的話，直接來找我就好了嘛。」

大哥往桐子這邊看了過來。他的臉看起來也像一塊岩石一樣堅硬，縫隙裡兩顆小小的眼睛閃著亮光。

「你知道什麼好方法是嗎？」

「方法可多了。比如說做搬運工啊。就是幫忙去國外，看是從我們這些帶一些不好明說的東西過去，還是從他們那邊帶一些東西回來啊。既可以賺錢，如果被抓到的話又是重罪。不過，像妳這種看起來有點素質的老女人，過海關的時候應該可以直接被放行吧。只是說，在日本被抓的話是還好，如果是在另一邊被抓的話，搞藥這種事情在東南亞好像會直接被判死刑，要不然就是直接在當地的監獄度過下半輩子啦。像妳這種的應該是受不了吧。」

不知道從什麼時候開始，他的用詞從「妳」變成了「像妳這種的」。不過，他說話的語氣很溫和，所以也不會讓人不快。

「你的意思就是說有這方面的工作？」

「小型的人口販賣應該沒問題吧？因為像妳這種的不管去哪裡，大概都不會被懷疑。」

「……那，所以你是說可以介紹這種工作給我是嗎？」

他盯著桐子的臉。但是，因為眼睛太小，很難判斷他的表情。

「是有事要麻煩妳。」他停頓了一會，說道：「不過，可不是隨便誰都可以做到的事，希望妳一定要好好幹到最後，把這個任務完成。」

「是怎麼樣的工作呢？」

「妳確定嗎？有信心不會中途放棄嗎？這也不是什麼我可以隨便就跟妳說的事情哦。」

桐子猶豫了一秒，說道：「我沒有工作。」

「現在失業是嗎。」

「自從之前綁架未遂之後，就被開除了。」

「很正常吧。」

「所以，不管是什麼工作我都願意試試看的。」

桐子偷偷地想起了知子的事。每天做重口味的料理、希望能害死丈夫的知子。跟這種事情比起來，桐子覺得應該沒什麼事是自己做不到的。

「如果只是沒工作，要我介紹給妳的話，那很簡單啊。要找清潔工作的話我也有幾個管道，可以介紹妳去我底下的工作場所，啊像妳之前去的那個小鋼珠店，我去跟他們說一聲的話，一定也會讓妳去上班的。」

「……這樣子啊。」

「所以說實在的，妳到底是想要哪一個？找工作還是進監獄？」

桐子試著直視自己的內心想了一想。他說得沒錯，我到底是想要哪個呢？自己真正希望的是什麼？

「我可能……就是累了。」最後她卻只能擠出這句話。

「妳是說肉體上的累？還是精神上的？」

「兩個都有。連我自己也有感覺到漸漸變得好疲憊。雖然說工作也會覺得身體很疲累，但是，每天對未來煩惱東煩惱西的，要思考接下來到底該做什麼，更是心累。我想我是活累了。想說反正朋友也不在了，不如進監獄還會過得比較輕鬆。感覺進去了很多事情就……像是自己應該怎麼做，都可以讓別人來幫我決定不是嗎。」

「說得也是啊。」大哥點頭道。

「確實是……很累人啊。」他也嘆了口氣這麼說。

「你也這麼覺得嗎？」

「嗯。一直沒辦法好好地死掉啊。」

「就是說啊。」

「其實啊，我得了肺癌。肺癌末期。」

「欸？」

桐子望著大哥。他輕輕點了點頭。

「那，你不就有辦法死了嗎？」

「是沒錯啦。可是啊，好像會非常痛苦。我從網路上查到的。」

「你查過了啊。」

「看了人家寫的就真的會怕欸。」大哥笑了笑。「虧我這一生，什麼大風大浪都見過了呢。什麼生死關頭也是經歷了好幾次啊，一直覺得死有什麼好怕的。但是啊，還是不想被痛苦折磨到死啊。而且，明明事先知道結局，卻只能坐以待斃，這點更糟糕。在陰間大概有很多人希望我可以痛苦地死掉吧，我才不想讓他們稱心如意咧。」

「啊啊，一定很難受吧。」桐子發自內心地說道。

活到這把年紀，最痛苦的就是給別人添麻煩，其次應該就是他說的這個了。被痛苦折磨到死，還有明知如此卻只能坐以待斃。

「要是自殺，很難不被身邊的人知道嘛。我也不想被人家講閒話說那傢伙怕癌症怕到自己去死、活著的時候那麼囂張的人竟然因為生病就害怕到去死了。」

「原來如此。」

「所以，我希望有人可以殺了我啊。」

終於開始切入正題了。

「難道，你是說要我來？」

「桐子小姐反應真快啊。」

大哥也望向桐子。兩個人終於對上了眼。那雙小小的眼睛裡透著恐懼。

「我會借妳一筆錢。差不多過一個月之後，我去找妳討回那筆債的時候就被妳殺掉。這樣的話就不太會讓人起疑了。而且大家都知道妳沒有錢，甚至也有一些人知道妳想進監獄的事情。」

原來如此，設想得很周到呀。桐子雖然心裡這麼想，卻很難隨口說出一句「原來如此」。

大哥突然抓住了桐子的手。桐子嚇了一跳往後退，但還是被抓得牢牢的。

「往這裡刺下去就可以了。」他把桐子的手拉到自己心臟附近的位置。

「是這裡喔，這裡。拿菜刀對準這裡，用力地一刀刺進去就可以了。」他似乎越說越興奮，把桐子的手拉過來撞擊著自己的胸口。「就是這裡，這裡。」

「你不要這樣，拜託。」

桐子拚命想把自己的手拉回來，但就算是老人，男人的力氣還是比較大。桐子難以將手從他的手中掙脫，一直到他興奮的心情平復下來之前，就只能任憑他擺布。

回到家後，桐子使用了雪菜教過她的「搜尋」功能，上網查了查資料。

殺人、刑期，桐子才剛輸入這兩個詞，欄位內就跑出了初犯、平均這類建議搜尋內容。雖然每個都很想知道，但桐子先用了「殺人、刑期、平均」來搜尋。

殺人罪的刑罰似乎有三種情況：死刑、無期徒刑、有期徒刑。死刑，這個詞還是讓桐子胸口一緊。

——也有可能會被判死刑啊。

那也是理所當然的吧，畢竟都殺了人。

但是，最短也有只判五年的。

——唉呀呀，這也太輕了吧。

不過，繼續往下讀，發現殺人罪就算初犯會判得比較輕，但多半也都會判個十年以上的樣子。

十年……

桐子仔細思考。過了十年之後，自己就已經八十六、七歲了。搞不好都已經死了。

——的確，果然殺人還是刑責最重的罪啊。不過這也理所當然就是了。

老年女性為欠債所苦，殺害地下錢莊老闆。這樣說起來，總覺得好像是真的會發生的事情。可能會因為年紀的關係被報導得很聳動，然後人們看報紙的時候會「欸～」的訝異一下，但是過個兩三天就會被淡忘，就是這樣子的事件。

大哥對她說：「這是在幫助人啊。」

他又說：「只要殺了我，然後跟警察堅持說妳是因為還不出錢才殺人的，這樣就好了。」真的會這麼輕易成功嗎？警方的調查跟訊問很難隨便帶過，這一點桐子在綁架雪菜那時便知道了。

正因為如此，如果不真的下定決心，可能真的沒辦法堅持到最後。

大哥說，等桐子真的有心想幹的時候再跟他聯絡，給了桐子手機號碼。然後，也記下了桐子的銀行帳號。他說只要一通電話，他馬上就會把錢匯進去。

「我可以立刻匯個一百萬或是兩百萬到妳的戶頭。當然，那筆錢妳不用還。」

「那可能會被他們問說，你借我那麼一大筆錢是要用來做什麼？」

「說得也是欸。嗯，那我匯個五萬、十萬好像比較好喔。搞不好，實際上這種金額才更容易引發殺機啊。」

他說得對，事實上常看到的事件都會讓人覺得「竟然只因為這一點錢就被殺了嗎」。自己也要成為那種事件的當事人了嗎？

突然，桐子開始思考這和知子所犯的殺人之間的差異。

──我跟知子做的完全是不同的事。這可是真正的殺人。

可是，知子殺人的殺意比自己還要強得多。這麼說來，或許人這種生物為了保護自己，有時也逼不得已必須產生這種把別人殺掉的念頭吧。

桐子一直沒有下定決心成為殺人犯，就這樣又過了幾天。

晚上，一個人吃著晚餐的時候，突然來了一通號碼不明的電話。

桐子有點猶豫，但還是按下了通話鍵。

「喂，你好？」

「不好意思，這麼晚還打來打擾。我是久遠，請問這是一橋桐子小姐的電話沒錯吧？」

「你是久遠？！」桐子再怎麼樣也沒想到打來的會是久遠，嚇了一大跳。

「是啊。一橋大姊，妳最近還好嗎？」

「啊，真是嚇了我一跳。嗯，雖然發生了很多事，但身體上是還好啦。久遠也還好嗎？」

「嗯，都還過得去。」

「是嗎，那就好。」

桐子心裡交雜著懷念，還有好奇到底發生了什麼事的疑惑。不過，要說的話還是偏向開心。

「……一橋大姊，妳後來就沒有來我們這棟大樓工作了對嘛。」

「啊啊，對啊。應該說是年紀到了該退休了吧。我們公司被收購了……我也有很多個人的情況啦。」

「我想說妳突然就不做了，我還嚇了一跳呢。上個月，我有聽說妳們公司被收購，可是聽說只是改個名稱而已，其他沒什麼大變動。後來接替一橋大姊來打掃的，變成一個穿著迷你裙制服、叫什麼『clean lady』的年輕小姐耶。」

「啊？clean lady？」

「沒錯沒錯。她會穿很華麗、有藍有白的服裝，還戴一個貝雷帽。然後，不管交代她什麼事情，她都會用一種像居酒屋服務生一樣的口氣回答說：『好的，很高興為您服務！』可是比起這個，她的工作效率就差多了，而且也掃得不乾淨。」

「唉呀呀。」桐子久違地笑出聲音。

改成 clean lady 這種稱呼，還把制服改成迷你裙，這樣一來，確實沒辦法再讓桐子這樣的老年人繼續待下去了呢。

「然後啊，我就想說，不知道桐子大姊後來怎麼樣了呢，於是跟清潔公司打聽了一下。對方也說就是屆齡退休……至於其他離職原因，就只說什麼屬於個人資料、公司不方便透露之類的。」

「嗯嗯，他們說的是事實。」

還好那間清潔公司也沒有把桐子的事情開誠布公地告訴他。桐子稍微鬆了一口氣。但可能也是因為如果被人知道公司雇用了差點成為犯罪人士的人，那更是個大問題，所以才沒有說出去吧。

「他們本來連妳的聯絡方式都不跟我說，是我一直跟他們說我有件事非得跟妳聯絡才行，才硬跟他們要到妳的電話。抱歉，是不是給妳添麻煩了？」

「不會……謝謝你。接到你的電話我很開心。」

「我個人啊，實在覺得一橋大姊就算要離職，也不至於這樣不跟我說一聲就走人。所以，就打電話給妳了。」

「喔喔。真的很謝謝你打來。」

「我可以問一件事就好嗎？」

「嗯嗯。」

「一橋小姐，雖然說妳是因為到了退休年齡而離職的，但妳已經不想再工作了嗎？」

「不不，我沒有不想工作呀。其實，公司突然跟我說因為年齡的關係希望我離職，我才是吃了一驚呢，不過也是沒有辦法的事啦。」

「我就知道，真的是這樣。畢竟一橋大姊妳身體還那麼好，我還想說妳怎麼突然就不做了呢。」

「雖然我好像一直在說一樣的話，可是真的很謝謝你耶。光是知道久遠你這麼關心我，我就已經很開心啦。」

「那個……」久遠突然頓了一下才開口：「我有些事想跟妳聊聊。我現在正準備下班，如果一橋大姊方便的話，可以在車站前的咖啡廳或之類的地方稍微跟我聊一下嗎？我可以過去妳家附近沒問題。如果妳還有事要忙或是今天已經很累了，明天之後再說也沒關係。」

桐子現在根本不會有什麼「有事要忙」的情況。

於是她說出了車站前連鎖咖啡廳的店名，兩人便約在那邊見面。

「好久不見。」

桐子準備好便出門了，走到車站前的時候，和遠從池袋大樓趕來的久遠正好幾乎同時抵達。久遠甚至還早到了一點點，等了一下子。

桐子要去櫃檯點咖啡的時候，對方輕巧地說：「啊，我去就好，妳想喝冰咖啡還是熱咖啡？」便去點了咖啡回來。

桐子拿出錢包想付錢，卻被他拒絕：「不用不用，是我約妳過來的嘛。」

雖然只是一點小錢，但對於連零錢都得精打細算省著用的桐子來說，實在很感激。

「真的好久不見呀。」桐子喝著咖啡，邊說道。

本來覺得談話會就此沉默下來，但久遠開始說起新來的 clean lady 的事情，說得生動有趣又滑稽，讓桐子捧腹大笑。

「妳想想看，那麼短的短裙就在眼前這樣站起來又蹲下去喔。我根本不知道眼睛該看哪裡，很困擾耶，然後如果兩個人單獨在吸菸室的話，氣氛就會變得很怪嘛。聽說真的有同仁約她去喝一杯耶。」

「唉喲！」

「可是，比起這種事情，最讓人困擾的還是打掃這方面。」

「打掃？」

「就是，有些地方她老是沒辦法像一橋大姊一樣打理得那麼乾淨……」久遠有點欲言又止，但他繼續說：「聽說人品上也是有一點那個……我想問一下桐子大姊，之前清潔公司給你們多少薪水？我知道有點失禮，抱歉。」

「薪水嗎？我不介意的。我記得時薪應該是九百五十圓的樣子。」

久遠的表情突然凝重了起來。他想了想，嘆了口氣。「我付給她的，是妳說的三倍啊。」

「欸？」

「現在整棟大樓的清掃工作是全部統一委託給他們，所以沒辦法單獨分開來算。但是果然，果然是這麼一回事啊。」

「欸，等一下，是怎麼一回事？」

「妳說哪個部分？」

「……你說你付給她？是你負責委託的嗎？你到底是在公司的哪個部門工作呀？」

「啊啊，原來我沒跟妳說過嗎？」

「沒有啊。」

「我是那間公司的經營者啦。還有，那棟大樓也是我的。清潔公司是我的下屬找給我的，我再從清單裡面挑一間這樣，嚴格來說可能不算我一個人選的就是了……」

「經營？那間公司？」

「是啊。」

「你，原來你位階這麼高喔？」

久遠點了點頭。

「我啊，學生時代就開了間公司，快三十歲的時候把它給賣了，手頭稍微有一點錢。然後就開了一間新的公司，那間破舊的大樓也是那個時候買來重新整修的。因為我想在一個自己覺得舒服的環境工作嘛。」

「所以，那棟大樓也整個都是你的囉？」

「對啊。不過我也不是有錢到可以用現金買下那整棟大樓啦，所以其他樓層我就租給別的公司，再用那些租金來繳房貸。」

「天啊，嚇了我一跳！」

桐子仔細看著眼前的年輕男子。單看長相，看起來明明才二十五歲左右，而且老是加班，害她一直以為一定是個為黑心企業所苦的青年。

「每次你都是工作到最後才走的那個耶。就連辦公桌也跟其他人的桌子放在一起啊。」

「我熱愛工作啊，而且是那種沒辦法把事情放給別人做的類型。在我們業界，窩在自己辦公室裡的社長搞不好還比較稀有呢。現在比較流行我們這種啦。」

「唔……原來也有像你這樣子的社長啊。」

久遠笑了，然後稍微朝桐子這邊探近身子。

「我可以再問一件事嗎？」

「你說。」

「嗯，雖然是從清潔公司負責人事的女員工那邊聽來的，但聽說有人在傳，說妳好像跟什麼案件有關係的樣子。」

「啊。」

他果然聽說了啊。

「如果可以的話，我希望能從一橋大姊的口中好好聽妳說明一次，可以嗎？不知道那件事跟妳之前問我知不知道有什麼『可以被關久一點的犯罪』，是不是有關係呢？」

桐子吞了口口水。

「可以的話，跟我說說好嗎？」

於是，桐子跟他說了。畢竟事到如今，更是真的沒有任何東西可以失去了。桐子從自己和摯友一起生活開始說起，到知子死後自己變得一無所有，再說到關於雪菜的那個事件……從頭到尾、毫無保留地說了一遍。

「……原來是這麼一回事啊。」

「真對不起啊。嚇到你了吧。」

「沒事的，本來就是我太好奇一橋大姊後來怎麼樣了，才打電話去清潔公司問的嘛。結果啊，接電話的那個人用一種很不友善的語氣說：『她做了糟糕的事，你還是不要跟她扯上關係比較好哦。』我就覺得很生氣。我跟她說，我要怎麼想還輪不到妳來管吧，然後搬出好久沒用的老闆權限，才跟她問出了電話號碼。」

確實，合作大戶的老闆都專程來問資料了，也沒辦法不給吧。

「原來所謂的事件，是這麼個來龍去脈啊。」

「對啊，也是因為這件事，連工作都丟了。」

「一橋大姊。」

「是。」

「妳要不要再回來我們這邊打掃呢？」

「咦咦？」

「我會跟現在的清潔公司解約的。然後，我想直接跟一橋小姐妳個人簽訂合約。」

「你這麼說我是很開心，可是……」桐子猶豫地說著。「可是，該怎麼說呢，好像會欠人家一個人情。總覺得對之前雇用我、手把手帶我做這份工作的社長很不好意思啊。」

「但那是之前那間公司的社長吧。聽桐子大姊這麼說的話，要還的人情債其實就只有那位社長的部分吧。妳覺得整棟大樓的話，會需要幾個人來打掃呢？」

「現階段可能一個人就可以做完，但是也需要休息輪班呢。所以還是兩個人……可能的話，是希望可以三個人做吧。」

「那我就連同那位前社長一起請過來就好啦。我是不敢說薪水可以給到之前的三倍啦，但我願意出一點五倍。時薪一千五百圓。」

「一千五百圓？！給這麼高，真的可以嗎？我……」我可是罪犯耶，桐子正想這麼說。

久遠揮了揮手。

「那種事情我自己會判斷。況且，妳最後也沒被起訴嘛。」

「是沒錯……」

「那妳就不是罪犯了啊。我啊，對迷你裙根本一點興趣都沒有，但是廁所沒掃乾淨這種事，我就是無法忍受。而且，這樣經費反而還可以減半。」

也許久遠真的是一個厲害的老闆呢。

房仲業者相田打了通電話過來。

「房東那邊來過電話，她說想跟一橋大姊妳見個面。」

這陣子突然發生了各式各樣的事情，一不小心都忘了還有房東那邊要處理。況且，因為「房東她很忙」，所以一直沒有收到進一步的聯繫，桐子也因此偷偷抱持著一絲希望，想著「說不定她會這樣讓我繼續住下去呢」。雖然從久遠那邊得到重新被雇用的機會很令人開心，但仔細想想，要是沒有地方住，果然還是無法生存。如果被趕出這個家的話，到時候可能就只能接受「大哥」的要求，去執行殺人的計畫了。

「希望一橋大姊可以給我幾個妳有空的日期讓我安排。」

「我目前……」反正也沒有工作，隨時都很閒，桐子差點這麼說，但還是猶豫了一下。又是罪犯，又沒有工作，想也知道根本不可能有房東會願意租房子給這樣的人吧。

「目前時間上還滿寬裕的，看房東小姐跟相田先生你們什麼時候有空，我基本上都能配合。」

「了解了。」

相田暫時掛了電話，在兩天後的上午便向桐子確認了見面的時間。

那兩天，桐子簡直是屏息以待地過著日子。一但連住的地方都沒了……就算久遠再怎麼好意邀請自己，也還是無法生存下去吧。真的只能打給大哥，然後犯下殺人罪了吧。

當然，那本身是一件非常可怕的事情，但對於桐子來說，所謂的殺人這個字眼還沒有真正進入她的腦袋裡。她實在還沒有搞清楚那具體來說是怎樣的一件事。

不如說，比起她自己，久遠應該會更吃驚吧，或許會對她這個人感到失望也說不定。雪菜如果知道桐子殺了人，一定也會非常驚訝吧。

——至於雪菜的父母他們，一定會覺得那個女的果然是個恐怖的女人啊。幸好有叫她不准再靠近女兒，真是正確的決定。被那樣想的話，自己倒是會有點不甘心。

雪菜一定會理解桐子殺人真正的出發點吧。正因為她理解，所以她一定會感到自責，一定會很傷心，甚至還會覺得愧疚。

——那孩子，虧她都專程想幫我頂罪了，要是能不讓那孩子知道這起案件就好了。

桐子有雪菜的電話號碼，如果只是跟她說一句「絕對不是妳害的喔」，應該還在合理範圍吧？

桐子實在太過煩惱，結果在衝動的驅使下，在深夜傳出了簡訊。

〔最近還好嗎？〕

一按下送出鍵，桐子就慌了。自己到底都做了什麼好事啊，不知道這個現在還來不來得及收回呢。正當她急得像熱鍋上的螞蟻時，馬上就收到了回覆。

〔小桐婆婆？是妳嗎？真是的，怎麼不早點跟我聯絡呢？妳現在可以講電話嗎？我有好多好多事情想跟妳說喔。〕

連珠炮似的文字，彷彿都能聽見雪菜說話的語氣。

〔可是，我不是不能跟妳聯絡嘛。〕

〔說是這麼說，妳這不是已經聯絡了嘛。〕

〔也是啊。〕

〔小桐婆婆，妳都還好嗎？身體怎麼樣？後來還有沒有怎麼樣？還有在工作嗎？唉唷，可以打給妳嗎？小桐婆婆，妳打字好慢，我等得很痛苦耶。」

桐子都還在讀訊息，電話就已經「鈴鈴鈴鈴」響了起來。

「喂？」桐子實在忍不住，果然還是接了起來。

「我很擔心妳耶，幹嘛都不打給我啦？」

「不是嘛，我就不應該跟妳聯絡啊。而且啊，我也是到很最近才想起來，那個米糠醃料的事情啦。」

「我還想說再沒辦法的話，就要跑去妳家找妳呢。」

「可是，妳爸媽他們不是……」

「我就說了，那兩個傢伙才不是什麼爸媽呢。他們兩個啊，一副多了不起的樣子在那邊警告我一堆，結果咧，跟外遇對象就只暫停兩週沒有見面欸，馬上就又開始亂搞了。」

桐子不禁笑了出來。

「今天他們也不在家啊。甚至還跟外遇對象說什麼，因為自己家女兒搞出那種事，覺得心很累所以需要見一面。拜託，我都知道欸。」

「妳怎麼知道的呀？」

「泡沫經濟世代的人啊，都沒有什麼資安的概念啦。他們設的密碼，不是自己的生日就是我的生日嘛。所以，我馬上就猜中了啊。」

桐子雖然想跟她說，那就是他們愛妳的證據，但最後還是沒說。說起來，只維持兩週就又開始外遇，確實是說不過去。

「之前那件事，妳後來有沒有怎樣？工作呢？」

「其實……」桐子說明了情況。

「對不起，小桐婆婆。都是我害的對不對。」雪菜小聲地道了歉。「其實我爸媽又開始搞外遇的那時候，我就想去找小桐婆婆了……可是，我覺得小桐婆婆可能在生我的氣，所以就沒去。」

「我怎麼可能生妳的氣。雪菜全都是因為替我著想，才會發生這些事的不是嗎。倒不如說，我才是一直很後悔害妳被捲進這種事情呢！」

「才不是那樣呢。我自己也是因為想讓父母知道我的心情才那麼做啊，更何況對我來說，當初做這件事的目的，我還算達成了一半呢。」

「可是，畢竟是我……」

「好啦，我們這樣子互相推來推去的，不知道要道歉到什麼時候。人家不是這樣說嗎？打架的雙方要各打五十大板，那我們就當作是綁架的雙方各打五十大板好了。」雪菜還是這麼快人快語。

桐子又笑了出來。真的只要跟雪菜在一起，就總是充滿笑聲。

接著雪菜開始娓娓說起自己的事。上次的事件，學校那邊也收到了通知，有一些老師也知道了這件事，父母是很擔心雪菜的操行成績，不過老師們其實也知道雪菜家裡的情形，反而一直對雪菜感到同情。因此就算發生了那種事，校園生活也沒有什麼改變。

桐子也把目前為止的近況告訴她。像是最近要被房仲業者和房東約談，還有久遠有意請她回去做打掃的工作……她猶豫了很久，最後還是沒有說出關於大哥想委託她執行殺人任務的事情。

「那個久遠先生不是說想請妳去他們那邊做清潔工作嗎，我覺得妳應該好好跟他聊一聊耶！有了那份工作，應該就可以像現在這樣租得起房子了吧。」

「是啊。可是，房東也可能會說不想租給罪犯啊。而且再怎麼說，還得想辦法找個保證人呢。」

「啊啊，要是我是大人就好了！那樣的話我就可以當妳的保證人了說。」雪菜大叫著說道，桐子覺得心裡滿滿的。

「妳願意這樣說我就很開心了啦。」

「好想趕快成年喔，然後，我就可以離開這個家了！」

講著講著就超過了十二點。桐子哄著雪菜，說服她掛了電話。

鑽進被窩的時候，桐子一邊思考著。雪菜說想要離開家……那會是真心話嗎？如果真想離開的話，就不會做出像上次綁架那樣的事了。如果有一個令人安心的家，就不會想離開了不是嗎……不管怎麼想，都覺得雪菜好可憐。

「完成啦！」跟房東約見面的那天早上，桐子小小聲地叫了出來。然後把手上的針插回針插包上，收回針線盒裡。

跟門野見面這件事情定下來之後，桐子靈機一動，決定把從知子家帶回來的銀色套裝改成自己的尺寸。

雖說如此，太困難的修改她也做不到。只是把裙子改成適合自己的長度，也把西裝外套的袖子摺短，再把肩膀的部分稍微修窄一點而已。因為沒有縫紉機，所以全部都是親手縫的。

桐子和知子的身高雖然有點差距，但還好兩個人的體型都還算瘦，所以改起來還不至於太難看。

——雖然上衣的部分還是長了一些……不過，就讓大家當作它本來就是設計成這樣的吧。

穿上了套裝，還久違地在腳上套了絲襪。僅僅是如此，就覺得知子彷彿正守護著自己。——只不過是要跟房東談談，會不會被人家覺得穿得太貴氣了呢？單純收藏起來固然也很好，但要不是因為這件事，也不會再有機會穿它了。

像這樣盛裝打扮，也有可能是最後一次了吧，桐子對自己說著，鎖上了家門。

相田任職的不動產公司就在車站前人聲鼎沸的商店街一角。桐子帶著一種像走上絞刑臺的心情，走進了自動門。

「啊啊，歡迎光臨。」

剛進門的入口處右側坐著一位負責接待的年輕女性，但出聲招呼的不是她，而是待在更裡面的相田。

「真不好意思，一橋大姊，還辛苦妳跑這一趟。」

雖然乍看之下對方很親切、誠懇地過來招呼，桐子卻無法好好地報以微笑。

「房東小姐已經到了喔。」

不動產公司的門市裡面有三個小隔間，好讓大家分開討論事情。對方好像已經被帶到最深處的位置了。

「我很抱歉來得晚了。」桐子畏畏縮縮地小聲道了歉。

相田安撫了她一句：「沒有啦，妳很準時。」

桐子一路低著頭，走進了最深處的隔間。她很害怕，一直都不敢直視房東的臉。

「讓妳跑一趟真不好意思。」

出乎自己意料地，聽見了一個明亮的嗓音。桐子誠惶誠恐地抬起頭，只見眼前站著一個身形和自己差不了多少的嬌小年輕女子。上一次看到她，已經是知子告別式的時候了。

「妳不要這麼說，應該的。」

桐子坐到房東對面的位置，相田則是在桐子旁邊坐了下來。負責庶務的女子馬上端來了茶水。

「好久不見了。一橋小姐之前住在二丁目那邊的房子時我也受妳諸多關照了。」

「不不，我才是受了房東小姐妳很多的關照呢。」

「宮崎知子小姐的事真是遺憾。」

「啊，謝謝妳這麼關心。」

「如果宮崎小姐還在的話，我真的也很希望一橋小姐妳們可以在之前那棟房子住到現在呢。」

雖然她這麼說是很令人感動，但也已經是不可能的事了。

因為知子已經死了。

「啊啊，妳人真好，真的很謝謝妳。」

知子已經死了。而自己卻還活著。

「那麼，關於之後的事情……」

「是……」

「首先就是擔保公司那邊的話……」

相田幫忙緩頰道：「就是會需要請一橋大姊這邊找找看其他的擔保公司，或者是看有沒有人可以來當保證人。妳有沒有想到什麼可能願意幫忙的人呢？」

「……那個……還沒有。」

兩人瞬間沉默了下來。桐子一抬起頭，就發現對方用寫滿了「這可麻煩了呀！」的表情看向自己。

「那……」

「但是，我的工作已經有著落了！」桐子用力地說道。「其實是之前負責打掃的那棟大樓的社長，他有找我聊過。」

桐子說明了久遠約她商談、要她去工作的事。

「那很好呀。」房東點點頭。

「所以，房租我應該付得出來沒問題。」

「這是好事，我知道的，可是啊，一橋小姐，這個嘛，我們果然還是需要找個人來當保證人呢……畢竟發生過那種事，就會被擔保公司列入黑名單了，所以我覺得擔保公司通常都不太願意承接這種案子了。妳真的想不到什麼可以拜託的人嗎？」桐子再度被對方追問。果然還是逃不過這關。

「如果真的找不到人……」

這時，店門口的自動門打開了，後方傳來通知客人來店的鈴聲，還聽見了負責行政庶務的女子說「歡迎光臨」的聲音。

「不好意思！請問一橋桐子小姐有在這裡嗎！」

耳朵聽見了年輕女職員用著比外表還年輕的聲音叫喚自己的名字。

「桐子小姐有在這裡嗎？！我是……」

桐子慌慌張張地站了起來，一回頭就看見了雪菜，還有……她後面站著一個年輕男子，是久遠。

「雪菜，妳為什麼……連久遠你都來了，怎麼會？」

「小桐婆婆！」雪菜朝著桐子他們所在的隔間衝了過來。「我想證明給他們看！我想證明給他們看，讓他們知道小桐婆婆有多認真工作，而且是真的付得出房租。所以我就跑去小桐婆婆之前工作的那棟大樓，把這個人給帶過來了。」

雪菜又回頭走去久遠那邊，一把拉著他的手腕，把他拖到隔間的桌子這邊來。

「就是雪菜小姐強行把我帶過來的。」他苦笑著說道，「『你現在不跟我走的話，可能就沒辦法請小桐婆婆來你們這邊打掃了喔！』她都這樣說了。」

「唉呀，真的是很不好意思。」

「啊啊，那麼兩位也這邊請，請坐請坐。」在這一連串騷動當中最快恢復鎮定的是相田，他拉開椅子招呼這兩個人。

「雪菜啊，學校那邊怎麼辦？」

「我說我要早退。因為我很擔心嘛，一想到這件事就坐立難安，真的受不了。畢竟是我害小桐婆婆變成罪犯的……而且根本就未遂，也不起訴，但還是害妳現在變成這樣，我真的覺得很過意不去。」

雪菜看向房東門野小姐的方向。

「這位就是房東小姐嗎？」

「是的。」她微微笑著，看著雪菜。

「就是我。小桐婆婆綁架的那個人，就是我本人。所以整件事我都可以跟妳說。」

「警察跟一橋大姊都有大致告訴我們事情的經過了。」

門野小姐點頭說道：「就像這位相田先生說的，警察也有親自來找我跟相田先生，他們有來問過一些關於一橋小姐平常是個怎麼樣的人之類的事情。」

「這部分……真的對你們太不好意思了。」桐子縮著身子道歉。

「不會的，嗯，這是我的工作嘛，所以不會介意這種事情的，沒有關係。」

接著，換門野說道：「那我們稍微整理一下目前的情況吧。那麼，這位就是久遠先生？久遠先生已經決定要雇用一橋小姐，之後會請她去做清潔的工作對嗎？」

久遠從椅子上站起身，拿出放在胸前口袋的名片遞給了門野和相田。

「我原先是不知道今天會變成這種局面啦，不過，因為我對於目前配合的清潔公司並不太滿意，所以最近的確是正在跟一橋小姐商談，預計要請她來打掃。假設工作時間是下午……下午一點到五點這樣四個小時，一週五天班，一個月差不多算工作二十天的話，應該就有十二萬左右了。那麼再加上年金的部分，生活上來說應該算十分充裕了。」

桐子稍稍往前探出身子。

「那樣算起來的話，已經很夠了，而且身體上的負擔也少了很多。」

「我了解了。」門野看著相田點頭道，「其實，關於一橋小姐，我們這邊之前也是已經討論過很多了。」

桐子看著她，不太明白她的意思。

「首先，因為一橋小姐是做清潔這方面的工作，所以本來想說，要不要乾脆委託桐子小姐打掃現在住的那棟公寓呢。不一定要現在給我答覆沒有關係，就是想說像走廊跟外面庭院的公共空間，還有垃圾場那邊，這幾個地方，能不能拜託妳差不多一週打掃一次呢？」

「啊，妳說的這些……」桐子不禁脫口而出。「我現在都有在掃呢。雖然不是每天啦，不過只要有留意到的時候，就會掃一下走廊什麼的。」

「嗯嗯。其實我最近才注意到這件事。我自己有時候也會去公寓那邊巡一下嘛，然後就覺得說，最近好像變得很乾淨耶。然後我問了公寓裡的其他住戶，大家都說好像是一橋小姐有在打掃的樣子。」

「嗯嗯，這點小事沒什麼啦。我只是打掃自己家前面的時候順手做一做而已。」

「我覺得不跟桐子小姐道謝實在說不過去。現在由我再重新委託妳打掃的話，我想公寓的租金我們就調降五千圓好嗎，妳覺得怎麼樣呢？」

「啊啊。」

真是太令人感激了。光是把自己一直都在做的事情繼續做下去，租金就可以便宜五千圓。

「真的可以嗎？」

「自從一橋小姐搬過來這邊之後，整棟公寓突然就變得很乾淨，我才覺得真是幫了我一個大忙呢。因為我住在東京，沒辦法很常過來這邊。而且這件事啊，我在聽說久遠先生的事之前就已經這麼打算了喔。」門野看著相田點頭道。

相田很有默契地接著開口：「我們也有討論過，要不要乾脆去申請生活保護。去跟政府申請，看能不能申請到，讓中央跟地方政府幫忙出錢補足老人年金跟租金之間的差額。而且申請到的話，還會分配這一區的民生委員跟關懷管理員負責追蹤，這樣就會有人時不時來關心妳的情況。」

未來的道路突然在眼前拓展開來，桐子一時聽得愣住了。

「你們竟然連這種事都已經想過了……」

桐子看了看雪菜。她也是半張著嘴聽著兩人說話，可能也從來沒想過會聽見房東跟房仲都這麼為桐子的處境設想吧。

「真的很謝謝你們。真的真的很感謝。」

「不過，前提是一橋小姐妳還有意願繼續工作的話喔。」

「有，只要還能做，我都還想繼續工作。久遠先生的那棟大樓我自己也很喜歡。」

「那麼，工作的職場這邊就由我來幫忙看著，家裡這邊就麻煩房東小姐跟仲介先生你們多關心，那如果是一橋大姊個人的照顧的話……」久遠看著雪菜。

「那個就讓我來！我會常常去小桐婆婆家裡確認狀況的！」

「可是，妳父親跟母親都不會允許的呀。」

「我會認真跟他們講的。這一次，我會好好跟他們討論看看的，關於我自己的人生，還有小桐婆婆的事情。」雪菜抓住桐子的手臂搖晃了幾下。「太好了，小桐婆婆，真是太好了！」

「都是多虧妳這麼為一橋大姊著想，甚至還誇張到跑來找我。」久遠稍微猶豫了一秒之後，輕輕拍了一下雪菜的肩膀。

「說實在的，如果說要把桐子姊全部交給我一個人來照顧，還真的有一點困難。抱歉這麼說啊，一橋大姊。」久遠對著桐子說道。桐子對他點了點頭，表示自己可以理解。

「不過，現在有我、房東小姐、仲介先生，還有雪菜小姐，我們幾個人一起做一橋大姊的後盾，應該就沒問題了呢。」久遠接著說，「保證人的話，就讓我來當吧。這樣應該就解決所有的問題了。」

「謝謝您了。」門野躬身道謝。

「那我們之後再找個時間，不用急著在最近也沒關係，不過還是去跟這一區的民生委員還有社工單位的人打個招呼吧。畢竟之後萬一一橋小姐身體出了什麼狀況，可能也要麻煩他們幫忙嘛……」門野一邊留意著桐子的臉色，一邊說道。

「萬一一橋小姐以後沒辦法工作了，也還有之前說的生活保護機制。希望妳不要再一個人煩惱了，有什麼事隨時都可以跟我們聊聊的。」她轉頭對雪菜說。

「好了，接下來就交給我們大人吧。妳只需要像之前一樣，跟一橋小姐當好朋友就很棒了喔。」雖然門野說得一派輕鬆，但她的話成了魔法。雪菜一時之間愣愣地盯著她的臉看，接著彷彿有什麼東西崩解了一樣，她「哇」的一聲放聲大哭了起來。

桐子在公寓建地範圍內的一角種了紫丁香樹。

是那一次跟門野約在仲介公司見面時取得她的同意的。桐子問：「當時把紫丁香的盆栽帶到我家的是不是房東小姐呢？」對方說確實是她帶過去的，於是桐子便向她請求，希望可以把紫丁香種在土地上。

門野考慮了一會兒，便點頭說：「妳種吧。不過，不要種太大棵哦。還有，一旦一橋小姐妳退租了，可能就會被砍掉或是拔掉之類的，這樣的話也沒關係嗎？」

「當然沒問題。不然沒辦法處理嘛。」

桐子挖了一個小小的洞，種下了紫丁香，然後覆上一層薄薄的土。

——知子，還有親愛的紫丁香樹，我之後會繼續住在這裡唷。請妳們守護我吧。

昨天晚上，桐子重新讀了一遍自己以前寫給知子的那些信。

「沒有老公也沒有小孩，一想到自己的未來會怎麼樣，我就很擔心。」信裡有好幾次都在說這種喪氣話。

知子一定是因為記住了這些，才會對自己提出同居的邀請吧。

——謝謝妳，知子。

據說三笠最後好像還是被兒子接到沖繩去了。聽說「俳句社」的人有收到他的聯絡。

「明明之前吵成那樣子，不過不只是他兒子，連他媳婦和對方的父母竟然都沒多說什麼，就接納了三笠先生喔。他現在說不定正在享受著大家庭的天倫之樂呢。」明子這麼說著，下了個結論。

——真的嗎？那個三笠有辦法融入大家庭？不過，他應該也沒有其他地方可以去了吧，那也沒辦法了。或許人啊，終究還是得回到自己該回去的地方吧。

雖然沒能來得及跟三笠道別，但現在她已經不會感到遺憾了。

因為這裡終究才是我該活下去的地方。

桐子心想，同時把紫丁香樹的根部扎扎實實地壓緊。

「這樣啊。」

桐子在之前見面的公園裡，對「大哥」說明了自己之後的打算。

「……你都專程把任務委託給我了，我現在還拒絕你，真的很不好意思。」

「不會，沒有關係。妳不行的話，我再去找別人就好了。」

「真是抱歉。」桐子說道。心裡一邊想著，拒絕把對方殺掉，還跟對方道歉，這種事還真是荒謬。

公園裡也跟上次一樣，有小朋友在玩耍。今天有三個戴著相同款式帽子的小朋友，應該是他們母親的人正在一旁聊著天。會戴一樣的帽子可能是因為他們上同一所幼稚園或是托兒所吧。

「……那麼，你還是沒有改變你的計畫嗎？想要自殺……應該說是想被殺掉的這種想法，還是一樣嗎？」桐子問對方。

「沒錯。」得到了一個毫無猶豫、清楚明確的回答。

「你要不要考慮跟家人朋友好好聊一聊你的想法呢？也跟醫生再討論一下吧，看看有沒有什麼比較不那麼痛苦、不那麼難受的治療方法呀。」

桐子偷偷觀察他的側臉，發現他苦笑著。

「雖然我可能什麼忙也幫不上，但是我也可以當你的朋友啊。我可以陪你走到最後。」

「請妳不要隨便說這種不負責任的話。」他毫不留情地回道，「就算妳自己的未來稍微有了一點保障，人生光明起來了，也不用變得這麼高高在上吧。」

「我不是那個意思……」

桐子以為他會氣到直接走人，但不知為何卻沒有發生那樣的事。

「……那個家庭根本就沒辦法信任。」相反地，他很痛苦地說著。

「咦？」

「重點就是，我老婆她非常恨我。打從心底的恨。」

「怎麼會……」

「我跟她要求，希望臨終前至少可以讓我輕鬆地死，結果沒用。我想，她一定是想在我快要死掉、整個身體都動彈不得的時候報復我，以解心頭之恨吧。」

桐子本來想要說「不可能吧」，但她想起了知子的事。或許這樣的夫妻關係確實也存在吧。

「她是想選擇那種盡量拖著、讓我痛苦到最後一刻的方式吧。還可以在周遭的人面前裝作犧牲奉獻的好老婆。」

難道他真的做了什麼讓人恨之入骨的事情嗎。

人的死……特別是老人的死這種事，說起來，總歸是把自己一路活過的人生拿來對答案，最終得到的結果吧。當然，桐子也完全無法預測自己將會迎來什麼樣的死亡。

「根本也沒有時間離婚了。事情就是這樣。難道妳還要叫我乖乖等死嗎？」

桐子答不出話。

「大哥」拄著拐杖站起身，自己不靈活的雙腳讓他生起氣來，用拐杖敲打著腳，一邊罵咧咧著邁步離開。

桐子對著他的背影開口道：「如果最後真的變成那樣，到時候我再去殺你！」

一瞬間，他停下了腳步。

「你可以答應我，時候到了再讓我去把你殺掉嗎？在那之前就先活著吧，好嗎？」

他連頭也沒有回，繼續往前走。

「如果你改變心意了，再打給我！」

他穿越公園離開了，桐子凝視著他的背影。他的背影越變越小，很快地和眼前玩耍的孩子們的身影重疊在一起，消失在視線中。

解說

文庫版解說，亦或是老人見習生（六十四歲）的心得

——永江朗（自由撰稿人）

《一橋桐子（七十六歲）的犯罪日記》是描寫一個七十六歲女性一心想入監服刑的故事。雖然是一本充滿歡笑點綴的長篇小說，但同時也巧妙地描繪出現代日本的高齡人士必須直接面對的許多問題。筆者出生於一九五八年，作為一個六十四歲的見習老人，在此表達自己的一些感受和想法。

與桐子一同生活的摯友離世，留下舉目無親的她一個人度過餘生。她未婚，沒有孩子，父母也已經雙雙去世。唯一的血親是姊姊，兩人關係也不好。現在的工作是兼職的清潔人員。

桐子有很多煩惱。第一就是關於錢的煩惱。為了照顧始終住在一起的父母而離職，導致能夠領到的老人年金非常微薄，也沒有人能夠提供支援。打工的收入也不多，生活過得很緊繃。一旦出了什麼事，馬上就會變成非常窮困的狀態。

老年人為錢所困其實是非常常見的事。我也在超市裡見過年長者為了特價的商品在那裡猶豫要不要買。我已經六十四歲了，不過仍在工作，仍像這樣寫著文章賺錢。但是，我不知道自己還能做多久。因為是接案的工作型態，所以只要沒有案子，收入就會直接斷源。桐子的煩惱對我來說絕非事不關己。就算我和桐子一樣活到了七十六歲，我也不相信到那個時候還會有人專程來要我寫文章。就連出版業本身會變成什麼樣子我都無法想像。啊啊，要是不小心活得太久，到底該靠什麼來溫飽呢？我也滿擅長打掃的，乾脆和桐子一樣去找個清掃的打工好了。不知道會不會有公司願意雇用我。

不過，據我所知，錢這種東西，好像不管有多少都沒辦法讓人真的安心。如果是財產以億為單位的話，那當然另當別論。但假設存款只有兩千萬日圓，看著它一點一滴地減少，還是會令人非常不安。要是還沒死，錢就已經用完了該怎麼辦？更何況，錢越多的人花的金額也就越大。就算是議員，聽說退休之後也會過得很辛苦，常常都需要出席各種婚喪喜慶的場合，每次都必須致上紅包白包等等。在公司做到很上層的人應該也是如此吧。而桐子為了照顧雙親離職，作為一般勞工的年資也就直接斷了，這種情況固然令人唏噓，但是，要是沒有離職，一路勤奮工作直到退休，那麼後面交際應酬之類的費用也會很可觀，或許還是沒辦法避免金錢上的煩惱。

要是生了孩子就可以放心了，實際上應該也沒這回事。現在似乎有越來越多人到了晚年也不想依靠自己的兒女。不，或許不是「不想依靠」而是「沒辦法依靠」兒女吧。又或者是做兒女的可能也會心想「不要指望我了」。要是一心想著依靠自己的兒女，甚至可能被說成狠毒的父母親。兩個世代的人住在一起不一定會是件幸福的事。甚至有人覺得，維持一碗湯端過去已經涼透了的距離，才是最好的。

關於居住的煩惱並不亞於金錢上的煩惱。很少有房東樂意把房間租給老人。我四十五歲的時候蓋了一棟自己的房子。當時的種種辛酸我也已經在自己的書裡寫過了，不過我之所以會建新居，最主要原因就是：沒有房東願意租房子給一個自由撰稿人。我每一次搬家，都找房子找得很辛苦。就只是因為我身為自由業，光是這一點就讓我見識過許多不動產公司蠻不講理的態度。三十多歲的時候，我還打算租房子租一輩子，後來卻成為了有殼族。我買了地蓋房子，發覺這種關於不動產的事情，用買的比去跟人家租借還要容易多了。買房子的時候，就不會有人因為自由撰稿人這個職業而瞧不起買家。

如果是租房子住的話，就得擔心要是付不出房租該怎麼辦，續約金又該怎麼辦等等事情。出租公寓也可能會因為老舊而需要翻修，甚至連房東都有可能隨時換人。

但如果是自己的房子，也未必就能安心。自己的房子時不時就會需要維修費用。比如冷氣或是熱水器這類的家電都有一定的壽命。當然這點如果是租房子的話，就會變成需要繳管理費或是出一筆修繕基金。

桐子身體是還滿硬朗，但隨著年齡增長，當然也會擔心自己的健康。拿我和內人的雙親來說，他們晚年的時候也是三天兩頭往醫院跑。年紀大了要維持生龍活虎的狀態實在太難了。

我自己是在六十二歲的時候弄斷了阿基里斯腱，住院了三個禮拜，但醫院裡占壓倒性多數的老年人實在令我非常驚訝。什麼壓迫性骨折啦、人工髖關節置換之類的都有。雖然也有運動時受傷的高中生或大學生，但他們恢復得很快，一下子就出院了。深夜時，會聽到好幾次護理呼叫鈴，只要鈴聲一響起，值夜班的護理師便會跑過來問：「怎麼了嗎？會痛嗎？很難受嗎？」然後便會聽見老人們訴苦說「睡不著啊～」或者是「總覺得有點擔心」。

這個護理呼叫鈴讓我觀察到一件事。夜班的護理師每天都會換人，而護理師的個性各不相同。會有像是安撫小孩子一樣溫柔、輕聲問「怎麼了呀？怎麼了呀？」的這種護理師，也有簡潔俐落的護理師，就會說「來了！〇〇先生，請問有什麼事？」如果當晚值班的是比較溫柔的護理師，呼叫鈴就會響個不停，時不時就會聽到護理師急促的腳步聲。如果是輪到效率型護理師的晚上，呼叫鈴響起的頻率就會低很多。老人們耍任性，是會挑對象的。

孤獨也是一個很困難的問題。桐子照顧的父母親過世了之後，和姊姊也鬧翻了，與外甥也完全變成了互不往來的局面。接著一起生活的摯友也過世了。連一個緊急狀況下可以幫忙的人都沒有，是一件令人害怕的事。筆者和妻子兩人同住，沒有孩子。我們雙方的父母都已經去世了。我還有一個妹妹在北海道，外甥則是住在北海道和九州。雖然沒有像桐子那樣和手足關係不睦，但也只有親人忌日的時候會見到面。如果只是稍微住個院的話，應該根本不會特地通知妹妹或是姪子他們吧。

桐子和姊姊鬧翻了。雖然桐子為了照顧父母，連工作都辭職了，對她來說有很多委屈，但她姊姊心裡或許是完全不同的想法。自己可不只是結婚生子，還被迫要照顧公公婆婆，而妹妹卻只是寄生在依靠退休金過活的父母身上。

不過，要說桐子是真的完全孤家寡人一個，那倒也不是。她參加了俳句社團的活動，也在打掃工作服務的場所和別人產生了不錯的交情。在便利商店結識的高中生雪菜也幫了她很多忙。應該說這部分才是這本小說的精髓，絕望到想要進監獄的桐子，因為毫無血緣關係的朋友、熟人伸出援手而活了下去。很多人都覺得人老了之後，與別人之間的連結比錢更重要，說得還真沒錯。

另外這本小說也讓人思考高齡人士的愛情和同性婚姻的議題。作者用詼諧的筆調描寫桐子和偷偷暗戀的隆之間的戀愛風暴，但老年人談戀愛和年輕人談戀愛真的是有不同的難處。雖然說年輕人的戀愛常常可能遭到家長反對，但對於長輩的戀愛，持反對意見的孩子或許更多。因為不只是感情上，還有財產的問題需要處理，會變得很複雜。畢竟站在孩子的角度，原本可以繼承的財產可能會變少，也會懷疑父母是不是被對方騙了。因為，現實生活中也真的會出現像隆那樣被騙的人。

桐子和過世的小知，也就是知子，兩人是一同生活的摯友，雖然她們之間並沒有戀愛關係，但在知子死後，她的兒子們對待桐子就好像是毫無關係的陌生人一般。就連遺物，也完全沒有要留一點給桐子作紀念。這一點和同性婚姻的當事人會遇到的問題是一樣的。在日本，目前同性婚姻還不被承認。所以同性伴侶過世的時候，另一半真的會被當作陌生人。別說見不到最後一面，甚至不能參加告別式都有可能發生。也有的伴侶甚至會因此採用收養之類的方式。雖然對於桐子來說，知子並不是情人，但兩人之間的羈絆關係絕對比姊姊或外甥更深厚、更強烈，只是就法律而言完全沒有保障。筆者認為只憑血緣關係來決定各種事情的現行制度，還有很多需要改善的進步空間呢。

桐子面臨失去兼職清潔工作的危機。這個問題非常嚴重，因為她就是靠著微薄的年金和打工的薪水支撐著過日子的。但桐子所受到的打擊，並不只是因為經濟上的擔憂。應該說桐子能夠透過工作，感受自己還能對別人有所幫助。一但沒了工作，也就是對社會毫無貢獻。公司對她說「妳可以不用再來了」，其實是一件很傷人自尊的事。

看看身邊的高齡人士，當中不乏悲觀地想著自己已經成為沒有用的存在的人。「你工作至今真的已經很努力了，接下來就好好享清福吧。」就算這樣跟他們說，他們也不會感到寬慰。勞動這件事並不（必然）等於痛苦賣命。筆者認為，人不管到哪個年齡，都會希望自己對別人有所幫助、希望可以真切地感受到自己是社會中的一分子。

本書雖然是一本將監獄視作最終歸宿的荒謬小說（不過以最近來說，也許不算荒謬吧），但它對於高齡化的現代社會拋出了許多提問，並能帶來很多啟發。筆者希望政府官員和政客們也務必拿起此書讀上一讀。

二〇二二年六月

高寶書版集團
gobooks.com.tw

TN 300
一橋桐子（76歲）的犯罪日記
作　　者　原田比香（原田ひ香）
譯　　者　Vanished Cat
責任編輯　陳柔含
封面設計　林政嘉
內頁排版　賴姵均
企　　劃　鍾惠鈞

發 行 人　朱凱蕾
出　　版　英屬維京群島商高寶國際有限公司台灣分公司
　　　　　Global Group Holdings, Ltd.
地　　址　台北市內湖區洲子街 88 號 3 樓
網　　址　gobooks.com.tw
電　　話　（02）27992788
電　　郵　readers@gobooks.com.tw（讀者服務部）
傳　　真　出版部（02）27990909　行銷部（02）27993088
郵政劃撥　19394552
戶　　名　英屬維京群島商高寶國際有限公司台灣分公司
發　　行　英屬維京群島商高寶國際有限公司台灣分公司
初版日期　2023 年 8 月

HITOTSUBASHI KIRIKO (76) NO HANZAINIKKI

Original Japanese edition published by TOKUMA SHOTEN PUBLISHING CO.,LTD.,Tokyo.
Traditoinal Chinese translation rights arranged with TOKUMA SHOTEN PUBLISHING CO.,LTD.
through JAPAN UNI AGENCY, INC.

國家圖書館出版品預行編目（CIP）資料

一橋桐子 (76 歲) 的犯罪日記 / 原田比香（原田ひ香）著
; Vanished Cat 譯 . -- 初版 . -- 臺北市 : 英屬維京群島商
高寶國際有限公司臺灣分公司 , 2023.09
面 ; 公分

ISBN 978-986-506-796-0（平裝）

861.57　　112012958